U0115240

文學研究叢書・現代詩學叢刊

新世紀新詩社觀察
（二）

蕭蕭、劉正偉主編

總序

獨學而無友,則孤陋而寡聞。

——《禮記‧學記》

一　前言

　　《新世紀新詩社觀察》是蕭蕭教授與國文天地雜誌社共同催生的一本二十一世紀新詩社觀察專著,先在《國文天地》各期展示再集結成書,便於閱讀與集中觀察,兼顧典藏和期許,用心偉哉。

　　中華民族號稱以詩立國的民族,從《詩經》、《楚辭》開始到古詩、漢賦、唐詩、宋詞、元曲到現代詩,詩一直以各種形式變異與存在;從屈原、李白、杜甫、蘇軾、胡適、余光中到余秀華,詩人的精神一直以各種形式堅持與傳承,彷彿勇士般的犧牲奉獻、勇往直前、至死不渝。

　　《新世紀新詩社觀察》總計收入吹鼓吹論壇、野薑花、風球、好燙、歪仔歪、臺客、人間魚等七個詩社的成立觀察與詩人詩刊表現等成果,呈現繼往開來的意義。胡適在一九一七年一月在《新青年》第二卷第五號發表的〈文學改良芻議〉,是宣導文學革命的第一篇文章;接著二月他在該刊發表首批八首白話詩,新詩發展至今已滿百年,當時也影響著臺灣的新文學運動與新詩的發展。

　　新詩發展百年,如果以臺灣詩壇的發展概略來說,第一階段是萌芽期,以風車詩社、銀鈴會為代表。第二階段是戰後現代主義運動

期，主要以現代詩社、藍星詩社、創世紀詩社、笠詩社為代表。第三階段為鄉土文學運動多元發展時期，主要有葡萄園、秋水、龍族、陽光小集、臺灣詩學季刊社為代表。第四階段是網絡世代發展期，主要以本書討論的七個詩社為主，因為新世紀新詩社主要都是以網路來串連、組織與發展。亦即第一、二階段詩社主要以書信通信聯繫；第三階段詩社主要以電話聯繫；第四階段詩社主要以網路通信方式聯繫，這是極有趣的聯繫與發展型態的觀察。

　　《新世紀新詩社觀察》一書關於各詩社的發展沿革、詩人風格、詩作特色與詩社定位，在本書各輯都有。各詩社的特色與導言，詩人蕭蕭院長也都備有七帖「藥引」在各輯之前，讀者服用後當可暢快無比。筆者擬就本書的總和做個綜合的觀察報告。

二　新世紀臺灣詩壇詩社綜合觀察

　　二十世紀在臺灣詩壇有長期影響力的老牌詩社，主要有現代詩、藍星、創世紀三大詩社，後來陸續加入的笠、葡萄園、秋水、龍族、掌門、臺灣詩學等詩社的影響力也不容小覷。然而能夠跨世紀生存下來，持續出刊與活動的詩社，只剩下創世紀、笠、葡萄園、秋水、掌門、臺灣詩學等詩社、詩刊，持續堅守文學傳承的崗位。

　　新世紀新詩社除了本書收入的吹鼓吹論壇、野薑花、風球、好燙、歪仔歪、臺客、人間魚七個詩社外，還有默默耕耘尚未收入本書專輯的，有二〇〇五年三月二十五日創刊由蔡秀菊主編的《臺灣現代詩》；二〇一五年十二月創刊由方明主辦的兩岸詩人學者團隊精心編輯（總編輯：楊小濱、黃梵），特色為詩刊內容兩岸各占一半的《兩岸詩》；二〇一四年五月由文史哲出版社老闆彭正雄主導發行的《華文現代詩》；以及剛剛誕生不久目前正要出版第三期，二〇二〇年十

一月創刊，由陳去非主導的《子午線詩刊》，都是詩社組織與性質不明顯，但卻出版詩刊奉獻於詩壇的新世紀新詩刊物，不得不記。

《兩岸詩》為方明獨資創辦，其它多有詩社同仁組織，或募款或申請政府文化單位補助出版。但是沒有詩社組織，對刊物與團隊的凝聚力與前途發展或許不利，例如由文史哲出版社老闆彭正雄主導的《華文現代詩》刊，就是只有由彭正雄、林錫嘉、陳寧貴、莫渝、曾美霞、陳福成、劉正偉等人組成的編輯委員會，沒有詩社組織不利新血的培養，在仍有二個單位補助下仍然因主事者年邁，後繼無力下於二〇一九年五月辦完五週年慶與詩獎後，宣布停刊。詩壇少了一份優質的發表園地，殊為可惜。

新世紀新詩社脫離不了網路社群媒體帶來的連結與便利，尤其是臉書（FB）的免費平臺，仍是目前詩社詩刊最方便使用的平臺，網路詩社也因此蓬勃發展。除了本書七個詩社與老詩社詩刊都各有自己經營的網路社群外，其它如每天為你讀一首詩、這一代詩歌、喜菡文學網、有荷文學雜誌、新詩路、新詩報、俳句社團等新詩相關網站平臺，都各有其粉絲與擁護者。而且因網路串聯的便利性，不只是紙本詩刊，馬來西亞、新加坡、香港等海外詩人也非常喜歡參與臺灣的網路詩刊發表、交流與活動。

鑒於新世紀網路世代的風潮，大陸已經連續六年發行《中國微信詩歌年鑑》，筆者忝為編委，每年積極組織臺灣詩人參與。去年也由筆者主持的臺客詩社、詩人俱樂部網站和詩人林廣主導的新詩路網路平臺合作，創辦電子版《2019年網路年度詩選》。因為推出後普獲好評，今年擴大為《2020年全球華人網路詩選》，廣邀全球十三個國家地區的華文詩人參與，共同推廣詩運、促進交流，將以電子書和實體書同時出版的形式推出，為一個年度的網路詩界做一回顧。詩選目前正在編印中，預計年中出版，選稿以邀請資深詩人，以及由網路詩人

自我推薦並參與初選複選，兼顧傳承、品質與入選資格機會的相對公平性。或許網路傳播無遠弗屆，紙本的耐讀也讓人欣喜，新世紀新詩界新思路，我們都希望愛詩人共同的千秋大業能永續發展下去。

三　新世紀新詩社觀察

《新世紀新詩社觀察》收入七個詩社的成員、刊物與歷史都堪稱龐雜，筆者特意請各詩社要角提供資料協助製作下表，方便後續觀察討論：

表一　新世紀新詩社觀察綜合統計表

詩社名稱	1. 社　長 2. 總編輯 3. 主　編	主要成員	1. 期刊名 2. 期刊別	正式成立時間	活動網站名稱
吹鼓吹論壇	1. 李瑞騰 2. 無 3. 學刊： 　解昆樺	學刊：丁旭輝、尹　玲、白　靈、 向　明、李瑞騰、蕭　蕭、 蘇紹連、解昆樺、楊宗翰、 李翠瑛、陳政彥、陳徵蔚、 陳鴻逸、李癸雲、方　群、 鄭慧如、徐培晃、朱　天	1. 臺灣詩學學刊 2. 半年刊	學刊：一九九二年十二月創刊《臺灣詩學季刊》二〇〇三年五月改為《臺灣詩學學刊》	臺灣詩學・吹鼓吹詩論壇
	3. 論壇： 　陳政彥 　李桂媚	論壇：葉子鳥、黃　里、靈　歌、 王羅蜜多、姚時晴、陳牧宏、 陳靜容、莊仁傑、黃羊川、 曾美玲、葉　莎、季　閒、 李桂媚、寧靜海、劉曉頤、 卡　夫、王　婷、蘇家立、 曼　殊、離畢華、郭至卿、	1. 臺灣詩學論壇 2. 季刊	論壇：二〇〇五年九月	fackbook詩論壇

詩社名稱	1.社　長 2.總編輯 3.主　編	主要成員	1.期刊名 2.期刊別	正式成立時間	活動網站名稱
		漫　漁			
歪仔歪	1.黃智溶 2.社員輪流編輯	黃智溶、劉三變、張繼琳、曹　尼、一　靈、詹明杰、何立翔、楊書軒、吳緯婷、鍾宜芬 顧　問：黃春明、零　雨、楊　澤、趙衛民、章健行	1.歪仔歪詩刊 2.一年刊	二〇〇五年	歪仔歪詩社（FB）
風球	1.廖亮羽 2.何佳軒、陳明祭 3.劉原菘、葉相君、郭逸軒、林宏憲、蕭宇翔、黃宣榕	廖亮羽、曾貴麟、劉原菘、康瑋翔、林奇瑩、蔡振文、謝　銘、王士堅、何佳軒、方大宇、蘇楷婷、吳浩瑋、郭逸軒、林德維、易采潔、吳昕洳、林宏憲、黃惇鈺、蕭宇翔、葉相君、呂佩郁、王信益、陳　琳、王群越、周駿安、洪國恩、施傑原、蔡維哲、鄭守志	1.風球詩雜誌季刊（停刊） 2.二〇一八年起改為年度詩選	二〇〇八年	風球詩社／風球詩雜誌（FB）
好燙	1.鵝　鵝 2. 3.煮雪的人	煮雪的人、鵝　鵝、李東霖、Tabasco、不離蕉、若斯諾・孟、小令、賀婕、宋玉文	1.好燙詩刊 2.半年刊（紙本停刊，轉型為podcast詩刊）	二〇一〇年七月	好燙詩刊（FB）好燙詩刊：Poemcast（IG）
野薑花	1.許勝奇 2.千　朔	江明樹、許勝奇、靈　歌、千　朔、曼殊沙華、王　婷、林瑞麟、漫　漁、劉曉頤、張家齊、迦納三味、陳明裕、蘇家立、寧靜海、至　卿、朱名慧、黃木擇、魯爾德、夏慕尼、邱逸華、林家淇、陳昊星、林瑄明、江文戢、陳福氣、張育銓	1.野薑花詩刊 2.季刊	二〇一二年六月	野薑花雅集（FB）

詩社 名稱	1.社　長 2.總編輯 3.主　編	主要成員	1.期刊名 2.期刊別	正式成立時間	活動網站名稱
臺客	1.吳錡亮 2.劉正偉 3.邱逸華	劉正偉、莊華堂、張捷明、吳錡亮、 鍾林英、賴貴珍、黃碧清、王興寶、 曾耀德、賴思方、鍾又禎、陳　毅、 黃詠琳、蔡佳妤、洪錦坤、張瑞欣、 羅貴月、黃珠廉、杜文賢、慧行曄、 邱逸華、朱名慧、吳麗玲、紀麗慧、 蔡尚宏、若小曼、鄭如絜、力麗珍、 陳秀枝、廖聖芳、王倩慧	1.臺客詩刊 2.季刊	二〇一四年六月	臺客詩社粉絲團 （FB） 詩人俱樂部（FB）
人間魚	1.綠　蒂 2.石秀淨名 3.朱名慧、 　呂振嘉、 　吳添楷 　（輪流）	石秀淨名、黃　觀、呂振嘉、 吳添楷、袁丞修、程冠培、施傑原、 Chamonix Lin	1.人間魚 　詩刊 2.季刊	二〇一八年七月	人間魚詩社（FB） 人間魚詩社粉絲頁

上述表一，新世紀新詩社觀察綜合統計表，幾乎將各詩社主要成員與發展史表列清晰。由上表可知，「吹鼓吹論壇」是這七個詩社中最早成立的，由「臺灣詩學季刊社」為適應網路時代的潮流而發展的網路社群媒體，再進而發展成詩社、詩刊形式的組織。《臺灣詩學學刊》曾為核心期刊，多為詩壇老將菁英與學者；而fackbook詩論壇部分則為活躍於網路社群媒體為主的中青年世代詩人，兼具老幹新枝、承先啟後的傳承與宣傳發展的雙重重大意義。

　　歪仔歪詩社近乎低調的主要在宜蘭地區發展；風球詩社主要成員為大專院校學生或畢業生，主要發展方向為提升自我詩社的力量與發展高中生進入詩的領域，每年全島串聯高中詩展，成果可觀；野薑花詩社從高雄旗山的讀書會起家，發展成著名的詩刊詩社，未來可期；而臺客詩刊應該是僅有提倡閩南語和客語詩專輯的詩刊，每期固定的

地誌詩、與詩人對話專輯也是特色之一。好燙、人間魚詩社的狀態與發展，仍須大家多支持、關注與鼓舞。

由上表我們觀察詩社主要成員明顯有老少詩人兼具的有：吹鼓吹論壇、野薑花、臺客詩社三個詩社。詩社主要成員明顯大部分為年輕詩人的有：歪仔歪、風球、好燙、人間魚詩社四個詩社。我們可以從中發現幾個詩社間存在的綜合觀察與差異：

（一）詩社詩刊經營穩定度的差異

詩社主要成員明顯有老少詩人兼具的有：吹鼓吹論壇、野薑花、臺客詩社三個詩社，都能透過社費、募款或申請政府文化單位補助，以維持正常的紙本詩刊為季刊發行，堪稱能持續穩健經營。

詩社主要成員明顯大部分為年輕詩人的有：歪仔歪、風球、好燙、人間魚詩社（僅石秀淨名較老）四個詩社，詩社成員較年輕的除了有企業支持的人間魚詩社維持季刊發行，其餘歪仔歪、風球詩社為年刊，好燙詩社紙本停刊轉為網路詩社。

或許這也是年輕詩人為主要成員的詩社，所面臨的經費問題、經營經驗與社會歷練的問題！因為年輕詩人多初入社會，需更多時間花在職場與家庭上面，經濟狀況也較中老詩人稍弱，而或許詩社詩刊能維持穩健持續的永續經營與發展，是社團長期經營所首要考量的問題。

（二）詩人跨社的現象

觀察上表一各詩社主要成員名單，我們可以發現老少詩人混雜的詩社：吹鼓吹論壇、野薑花、臺客詩社三個詩社，其成員許多有跨社的現象，如靈歌、千朔、曼殊沙華、王婷、劉曉頤、漫漁、至卿、寧靜海、蘇家立，同時是吹鼓吹論壇、野薑花詩社的成員。

成員大多為年輕詩人的詩社，除了人間魚詩社掛名的綠蒂外，幾

乎沒有跨社的現象，這或許是年輕詩人收入有限、時間有限，更大的可能是否是他們對團體認知與支持理解？這有趣的對比和現象，值得大家多持續討論與觀察。

當然，在尊重、包容、理解的後現代主義社會情境，能者多勞，有能力多繳幾個社費、多支持幾個刊物的出版發行，我們都非常樂見與鼓勵。但是否有同質性的影響，仍是值得思考的議題。

（三）網路經營之必要

從上表可知，新世紀新詩社幾乎都是靠網路社群媒體興起、串聯與整合，網路平臺發表方便與聯繫迅速所帶來的便利性，讓新世紀網路詩社蓬勃發展，功不可沒。這是與上個世紀老詩社經營與聯繫上，最大的不同，這個世代已經離不開網路的連結。

每個新詩社的網路社群媒體平臺的經營成本是最低的，基本除了人力時間精力的付出外，經費大多是免費，本書七個詩社至少都有一到二個自己社團經營的粉絲專頁或網路社群，提供了作者與讀者互動的即時性與方便性，也提供社員和詩人間相濡以沫的情感交流場域。

（四）紙本詩刊之必要

新世紀新詩社上表中七個詩社除了網路社群媒體經營，都曾經出版紙本詩刊，目前還有五家詩社出版季刊、二家年刊（年選）一家停刊，在新舊世紀與網路世代新舊交替的風口，紙本的溫度似乎仍是詩人無法忘情的寄託。他們想方設法去爭取經費資源，提供同仁與詩人發表的園地。

詩刊的出版與否，似乎還是標誌著一個詩社是否存續與永續經營的觀察途徑，至少目前如此。畢竟網路仍有關網的風險，例如上世紀的重要的新詩網站「詩路」、「Pc home online明日報」等平臺，關網

後幾乎所有詩人的努力都瞬間消失，至少紙本詩刊還可收入圖書館，藏諸名山。

四 期許

《新世紀新詩社觀察》一書能夠成輯付梓，要特別感謝蕭蕭教授和國文天地雜誌社的美意與促成，能夠花時間與精力在關注新世紀新詩社的誕生與發展上面，督促與鼓舞新詩社，也提供未來學者研究新詩社提供資料與便利，相信世紀末回顧與未來的新詩史定會記上一筆。

本書收入新世紀的七個新詩社，最老的是二〇〇五年成立的吹鼓吹論壇，不過只有十六歲；最年輕的是二〇一八年成立的人間魚詩社，不過三歲，以人類年齡來說都屬幼兒到青少年階段，要談成就可能太早，尚有無限發展的可能。

或許每個詩社都有自己的風格或正在成形。如同詩的形式是可以教的，風格是無法學的。因為形式、框架是可以從學習模仿而來；但是風格與才氣，是無法交換或模仿的，因為每個人、每個詩社在世界上都是獨一無二的存在，都有各自的想法與才情，這方面是無法經由學習而來。在紀弦提倡的多元的「大植物園主義」百花齊放的原則與理想中，我們期盼各詩社合縱連橫外也良性競爭，為美麗的世界詩園開出更多的奇花異果。

因此，我們期許新世紀的詩人們一本初衷、不忘初心，將新詩社詩刊永續經營下去，繼續將時間、金錢與詩作，奉獻給詩人們鍾愛的繆斯女神，至死無悔。因為，惟有詩能與永恆對壘。

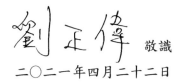

劉正偉 敬識

二〇二一年四月二十二日

目次

人間魚詩社專輯

吹鼓吹詩社專輯

《吹鼓吹詩論壇》穩定而堅決地駛過臺灣詩路,除了創作專區外,詩刊也針對當期的主題、詩集或作品評析,以及爭議性話題,提供對話的平臺,為《吹鼓吹詩論壇》創造出了一個相對較為「去權威」、「無中心」的開放場域。

吹鼓吹詩社專輯前言

陳政彥

嘉義大學中國文學系主任

　　臺灣詩學季刊社，目前有《臺灣詩學學刊》、《吹鼓吹詩論壇》兩本刊物，同時有「吹鼓吹詩論壇網站」、吹鼓吹詩論壇臉書版「facebook詩論壇」兩個網站，四者互相聯繫，不可說不複雜，要如何認識《吹鼓吹詩論壇》，這需要一點構思方能得見其全貌。

　　為此我們規劃了分別就《吹鼓吹詩論壇》的來源、定位、主題、運動、評論等五個面向，邀請五位詩人學者為此撰文分析。另外在網站介紹部分邀請葉子鳥、寧靜海、蘇家立三位來分享經營感想。同為另一位主編的李桂媚，感性地分享編輯部心情。最後外部觀察邀請香港余境熹老師擔綱。希望能給讀者一個較為全面的認識。

　　蘇紹連老師在二〇一五年《吹鼓吹詩論壇》十週年所寫的小記，對於《吹鼓吹詩論壇》紙本詩刊的出版因緣有完整介紹。外文出身的陳徵蔚老師，其文〈詩速列車：駛向雲端的《吹鼓吹詩論壇》〉將《吹鼓吹詩論壇》放在詩史脈絡當中，思考其定位。青年學者朱天〈競寫「臺灣」，深耕「詩學」：試析《吹鼓吹詩論壇》第二十號至第四十一號之主題趨向〉一文統計整理《吹鼓吹詩論壇》的主題企劃，看出《吹鼓吹詩論壇》與詩壇潮流之間交互影響的作用。另一位青年學者陳鴻逸則著眼於臺灣詩學季刊社所推動的各項運動，將各項運動

分類並考察其動機與影響。

　　當年臺灣詩學季刊，在二〇〇二年轉型成《臺灣詩學學刊》，又在二〇〇五年成立《吹鼓吹詩論壇》詩刊，對詩的思索始終不曾停止，《吹鼓吹詩論壇》上的詩評小論，雖非正式學術論文，但更靈活與細緻，能夠不被學術規範綁架，實為詩論的另一種重要呈現，謝予騰的文章將這個觀點闡釋得很精彩。

　　《吹鼓吹詩論壇》的紙本詩刊源自於「吹鼓吹詩論壇網站」，至今已屆二十年的「吹鼓吹詩論壇網站」提供了二十一世紀之後，青年詩人學習交流的園地，刊登網站上的精彩詩作及版主評論，更是《吹鼓吹詩論壇》存在的理由之一。特別邀請目前擔任站長的葉子鳥老師娓娓道來這段發展歷史。「吹鼓吹詩論壇網站」也設置了臉書版，在臉書的互動上，則可以看到另一種風景，我們邀請管理吹鼓吹詩論壇臉書版「facebook詩論壇」的寧靜海來分享觀察心得。身為元老級版主的蘇家立對吹鼓吹詩論壇有感恩、懷念，也有更深的期許。我們也期待蘇家立將來為《吹鼓吹詩論壇》帶來新的氣象。

　　要認識一個詩社、詩刊，除了內部成員第一手觀察與介紹之外，豈能少了外部的認知與感受。特別邀請香港余境熹老師分享這些年來與吹鼓吹詩刊詩人之間的交流與想法。余境熹老師發揮了誤讀詩學的功力，將詩刊與富樫義博的漫畫《獵人》類比，跨界巧思貼合《吹鼓吹詩論壇》調性，趣味且不失精準。

　　最早踏入網路領域經營新詩推廣的臺灣詩學季刊社，如今已卓然有成，伴隨無遠弗屆的愛詩人，走過二十一世紀的頭二十年。但科技持續發達，人們的生活正在激烈地變化，臺灣詩學季刊社與《吹鼓吹詩論壇》也跟所有詩刊詩社一樣，正面臨更激烈地挑戰，下一步該怎麼走，會怎麼走，還值得所有讀者觀察與期待。

詩速列車

——駛向雲端的《吹鼓吹詩論壇》

陳徵蔚

健行科技大學應用外語系副教授

　　詩人寫詩，有時是為了抒發情感、表達意見，有時則是印證創作理論，引介外國思潮文化。而結成詩社，出版詩刊，則是志同道合者匯聚創作能量，彼此觀摩切磋，因此能帶動風氣，引領創作方向。

　　一九三三年的「風車詩社」、一九四二年的「銀鈴會」，將法國超現實主義引進臺灣，強調「知性的敘情」，透過詩人的觀察，超越時空，探索生命內涵。一九五四年的《創世紀》仍循「超現實」方向；而同年發行的《藍星》則注重詩的抒情性。

　　一九五六年一月，紀弦於臺北創立「現代派」，強調「新詩乃是橫的移植，而非縱的繼承」，弱化現代詩與中國歷史的傳承，強化西方理論移植的啟發，藉此確立臺灣新詩創作的主體性。無論「現代派」或「超現實」，都是西風東漸下，臺灣詩壇取得創作養分，別開蹊徑的一種策略。

　　橫向移植或能培育出奇花異卉，但臺灣仍需本土的「特有種」。因此一九六二年創刊的《葡萄園》、一九六四年的《笠》，都嘗試修正「超現實」路線，重視詩的現實性、可讀性、批判性與本土性。

　　現實主義的崛起，帶來七〇至八〇年代的百家爭鳴，例如《龍族》、《主流》、《大地》、《草根》、《陽光小集》、《天狼星》、《大海洋》、《臺灣詩季刊》、《曼陀羅》等；然而這其中有許多詩刊，卻如流星一閃。及至九〇年代的《臺灣詩學季刊》、《乾坤》、《女鯨》等，臺灣新詩創作更加多元，主題也不再定於一尊。

　　眾聲喧嘩中，一九九二年十二月十九日「臺灣詩學季刊雜誌社」成立，創社社員共八人，包括尹玲、白靈、向明、李瑞騰、渡也、游喚、蕭蕭、蘇紹連。自此，「臺灣詩學」舉起臺灣本土詩學的大纛，一路堅持出版學報、詩刊至今。

　　從「評論與創作同步催生」的《臺灣詩學季刊》，逐漸轉型至二〇〇三年四十一期後以學術論文為主的《臺灣詩學學刊》，「臺灣詩學」耕耘近三十年，逐漸成為臺灣地區，甚至是華語地區，詩壇的中流砥柱。

　　《臺灣詩學季刊》四十期以後，出現了「學術研究」與「新詩創作」分流的轉捩點，在該期封底內頁，刊登了《臺灣詩學網路創作版》簡介，其中分為五區：詩作投稿區、論述投稿區、超文本投稿區、臺灣詩學詩戰場、臺灣詩學新聞臺。自此，「臺灣詩學」明確朝《臺灣詩學學刊》的「研究」，以及《吹鼓吹詩論壇》的「創作」兩個方向齊頭並進，並且分進合擊。

　　二〇〇三年六月七日，蘇紹連提議創建類似BBS的網路詩論壇。當天詩社決議購買虛擬主機，並於六月十一日申請網址，命名為《臺灣詩學‧吹鼓吹詩論壇》。[1]《吹鼓吹詩論壇》的成立，一方面代表了學術研究與新詩創作兩條路線的再確立，另一方面也奠定了臺灣現代

1　《臺灣詩學‧吹鼓吹詩論壇》，網址：http://www.taiwanpoetry.com/phpbb3/index.php。

詩由傳統紙本一躍進入網路虛擬世界的軌道，臺灣本土創作的「詩速列車」自此啟動，開始駛向「雲端」。

《吹鼓吹詩論壇》以「新世代新勢力的網路詩社群」為定位，揭櫫「詩腸鼓吹，吹響詩號，鼓動詩潮」，論壇名稱典出於唐朝馮贄《雲仙雜記》卷二所載：「戴顒春日攜雙柑斗酒，人問何之，曰：『往聽黃鸝聲，此俗耳針砭，詩腸鼓吹，汝知之乎？』」

鼓吹，是絲竹合奏之聲，泛指音樂。戴顒字仲若，是南北朝著名音樂家，同時也因隱逸山林享有清譽。他認為聆聽黃鸝鳥的歌聲，可以淨化受到世俗玷染之雙耳，同時引發詩情雅興，這不啻與雪萊詩中的雲雀，以及濟慈描寫的夜鶯，皆有異曲同工之妙。詩之縹緲，恍若雲端，而聆聽紛紛飄墜的樂音，便能超脫物外，凌虛翱翔。從論壇之命名，便可以感受到成立者的熱情與浪漫，以及期許飛上「雲端」的鴻鵠之志。

二〇〇五年九月，《吹鼓吹詩論壇》仍棲於「雲端」，但增加紙本詩刊，以半年刊模式發行。十週年後，也就是二〇一五年六月，自《吹鼓吹詩論壇21號》開始改為季刊，每年三、六、九、十二月發行。

《臺灣詩學學刊》定位為純學術期刊，而《吹鼓吹詩論壇》則是創作導向。從學術研究角度觀察，前者以嚴謹的同儕審查機制，被收錄於「臺灣人文學引文索引」（THCI），具有一定學術影響力，是臺灣地區及華語世界少數專門以「詩」為研究標的之學術期刊。以創作角度來看，後者提供了一個中立客觀、兼容並蓄的發表場域，無數老、中、青三代詩人，都能在此平等地發表作品，彼此觀摩學習。

《吹鼓吹詩論壇》更加獨特的地方，在於這本詩刊持續透過不同創作主題，激發詩人創作靈感。自二〇〇五年至今共四十二期，每期詩作都有主題，而且推陳出新、精彩紛呈。

綜觀十五年來，詩集主題包括（括號中為期數）：二〇〇五年／

隱密的靈魂（1）、二〇〇六年／領土浮出：同志‧詩（2）、新詩應用
大補帖（3）、二〇〇七年／贈答詩‧專輯：詩人致詩人（4）、惡童詩
（5）、二〇〇八年／空間漂流（6）、冷酷異境（7）、二〇〇九年／獵
詩集團（8）、心靈心田園（9）、二〇一〇年／小人物‧詩（10）、張
愛春明‧小說詩輯（11）、百年阡陌　國家‧詩（12）、無意象詩‧派
（13）、二〇一二年／新聞刺青（14）、舞詩團‧詩話（15）、二〇一
三年／氣味的翅膀（16）、聲音舞者（17）、二〇一四年／刺政：民怨
詩（18）、因小詩大（19）、二〇一五年／拾光掠影　十年回顧專輯
（20）、詩人的理性與感性（21）、看！詩的視覺（22）、詩人喇舌　語
言混搭詩專輯（23）、二〇一六年／私神　宗教詩專輯（24）、半人半
獸　人性書寫專輯（25）、非玩不可‧遊戲詩專題（26）、文字牽動傀
儡　戲劇詩專輯（27）、二〇一七年／告解迴聲　懺情詩專題（28）、
歌詞的一半是詩　歌詞創作專輯（29）、心想詩成——許願池專輯
（30）、思辨變詩——論述詩（31）、二〇一八年／文字有氧　筋肉魂
靈——運動詩（32）、凝視鄉愁　原鄉／異鄉（33）、線索解密　推理
詩（34）、人生拚輸贏：魯蛇／溫拿（35）、二〇一九年／觀景窗　世
界博覽會（36）、各自解讀——幹話（37）、永以為好——紀念日／紀
念物（38）、心象——最美風景／私房書店（39）、2020年／女力崛
起——女詩人（40）、告別練習——遺言（41）、百工圖（42）

　　觀察《吹鼓吹詩論壇》的主題，可以發現這本詩刊對於啟發創
作，開發題材，著力甚深。除了與時事環環相扣的主題，例如新聞、
政治與民怨、宗教、性別等，詩刊同時也嘗試跨文類創作，例如新詩
與小說、戲劇、歌曲、新媒體、跨國語言混搭等。每一集的徵稿主
題，通常會伴隨編輯群的詮釋與期待，而這些主題，有時會不經意吹
皺詩壇一池春水，時而引發討論，時而激起共鳴，時而掀起激戰。

　　無論如何，這本詩集匯聚各家言論，包容不同的觀點，不但「遙

指」了詩壇創作的可能方向，同時也記錄了臺灣詩壇近十五年的各種掌故，並且緩緩形塑著臺灣新詩的輪廓。

《吹鼓吹詩論壇》穩定而堅決地駛過臺灣詩路，除了創作專區外，詩刊中以「專題論述」、「詩家評論」、「詩戰場」等主題，針對當期的主題、詩集或作品評析，以及爭議性話題，提供對話的平臺。《吹鼓吹》中的評論文章未必符合學術研究體例，也許未能登上嚴謹學術期刊，但卻提供了一個較為自由、輕鬆，並且更可以抒發議論、交換意見的舞臺。也由於詩刊中評論家的立場各異，觀念不同，為《吹鼓吹詩論壇》創造出了一個相對較為「去權威」、「無中心」的開放場域。臺灣新詩創作，也從日據時期的文化邊緣、國民黨政府時期的國仇家恨、文化認同、政治敏感，一路走向西方創作主義掛帥、回歸本土，進而駛向雲端，走進網路，同時廣納百川，眾聲喧嘩。

從數位詩、超文本詩，到近年的截句，「臺灣詩學」不只在詩刊鼓吹，也舉辦研討會，資助出版詩集，同時也在Facebook等平臺發掘新人、好詩。「臺灣詩學」持續推動本土新詩創作，這樣的努力當然並非獨一無二，其他例如喜菡文學網等，也扮演著類似的角色。然而，能夠多年來始終如一，維持出版，延續創作、研究能量，同時在出刊頻率如此高的壓力下，維持優質的編輯內容，這不只需要熱情，同時也需要高度的紀律與毅力。

近年來網路逐漸成為民眾的主要閱聽媒體，也因此變成許多人接觸「詩」的管道。曾在六○至七○年代叱吒風雲的新詩，於八○至九○年代式微，隨著閱讀人口銳減，讀詩的人越來越少。因為大家都不閱讀了，寧可消費多媒體資訊。

令人驚訝的是，自從二○一二年開始，讀詩的人口逐年增加。根據博客來統計，直至二○一七年華文現代詩銷量已經成長到約五年前的三倍左右。

　　華文現代詩的「復興」，可能因為逢低反彈，但更有可能是來自於新生代詩人對於「網路社群」的經營。「雲端」，成為了詩人的新舞臺。閱聽大眾不耐閱讀長篇大論，喜好輕薄短小，貼近自身經驗的主題，也令短詩、抒情詩大受歡迎。字數不宜太多，內容必須引起讀者共鳴。於是，在網路世界中，晦澀難懂的詩篇，逐漸被「直白」但觸動人心的文字取代。

　　無獨有偶，在英國與美國，現代詩集的銷售量也在二〇一六年創新高，探究原因，同樣是由於Facebook，甚至Instagram詩社群的經營所帶來的人氣，也因此二〇一七年二十位最暢銷的英美詩人中，有十二位是「IG詩人」（Insta-poet）。

　　站在數位浪潮之上，Facebook的「晚安詩」有超過四十萬人按讚，社群中的短詩，幾乎每篇都有超過千人甚至萬人以上按讚，遠遠超過許多詩人自費刊印的詩集銷售量。網路詩人，不再是一種「貶抑」的稱謂，反而是極具知名度與影響力的代名詞。而詩人立即面對的挑戰，便在於他們不單必須在「詩人圈」或「學術圈」取得認同，而且必須走出「同溫層」，接受庶民檢驗。因此在「雲端」，點閱率與按讚數，成為了詩人驗證自己的詩是否「有人氣」的指標。這樣的「全民調」，在過去前代的詩人社群中，是不存在的。也因此，過去或許有所謂「曲高和寡」的詩人，不為人所理解，卻在詩壇享有清譽。但在今日，「小眾詩人」仍舊存在，但是真正能夠讓「寫詩」成為一項事業的，卻只有人氣詩人。

　　現年二十六歲的印度裔加拿大女詩人露琵・考爾（Rupi Kaur）在二〇一四年出版第一本詩集《奶與蜜》，即被譯為成四十種文字，銷量超過三百五十萬冊，甚至於二〇一六年前取代荷馬史詩《奧德賽》（Odyssey），成為紐約時報暢銷書榜中最暢銷的詩集。二〇一八年，露琵名列《富比世》三十歲以下的「三十大影響人物」（Forbes

30 under 30）名單，IG帳號追蹤人數超過三百萬。

只是，人氣王真的能代表詩寫得好嗎？這當然未必。

高點閱率的作品，反映了時代的集體喜好，卻未必達到某種創作與美學上的層次。因此，在網路美學成為主流的今日，仍然需要學術與文化的守門員，擔任「最後防線」，為詩壇留下非主流，但卻值得保存的血脈。而《吹鼓吹詩論壇》，便在「詩速列車」逐漸失速，甚至變得流俗之際，力挽狂瀾地在「雲端」尋找並保留未來可能發芽的創作種子。

當我們看見網路社群、網站的成功之際，自然不能忘掉，「臺灣詩學」其實是在臺灣這片土地上，啟發詩人走向「雲端」的先驅之一。當然，在網路的「詩速列車」上，《吹鼓吹詩論壇》可能只是眾多環節之一，然而從早期蘇紹連、白靈的超文本、Flash與多媒體詩創作，網路文學方興未艾的《吹鼓吹詩論壇》、個人新聞臺、部落格，到近年來Facebook、Instagram的新詩社群，「臺灣詩學」或許不是最亮點，但仍然持續而穩定的熠熠發光。更重要的是，一個不媚俗，不嘩眾取寵的詩刊，才能在價值淪喪中，堅定路線，駛向未來。

臺灣的「詩速列車」未來將駛往何方，或許仍待觀察；然而可以大致確定的是，它仍將如雲中之龍，持續隱現於「雲端」。在臺灣新詩本土意識建構後，是否能進一步立足臺灣，懷抱世界，觸及更多讀者，引發全球共鳴？我們是否能夠跨越語言的界限，讓更多人看見臺灣？身處全球化的時代，這或許是我們應該共同思考的課題吧？

吹鼓吹詩論壇在台中文學館舉辦詩與畫的交響曲，
林煥彰老師（中）展示千猴圖

《吹鼓吹詩論壇》十週年小記

蘇紹連

吹鼓吹詩論壇創辦人

《吹鼓吹詩論壇》刊物的出現，背景力量有以下三項：

一　時勢潮流：二十世紀末，網路世代來臨，「臺灣詩學」前瞻，二十一世紀初，設立「吹鼓吹詩論壇」，即成為臺灣首創網路詩論壇的詩社，採網路投稿方式，在網路公開選詩。

二　因緣際會：二〇〇二年「臺灣詩學」適逢創社二十年，《臺灣詩學季刊》轉型，改變為《學刊》出版，以正規體例的論文為主，再附設刊登網路詩選。

三　水到渠成：二〇〇五年，網路詩選脫離《學刊》，另出版《吹鼓吹詩論壇》刊物，至此，「臺灣詩學」終於成為臺灣唯一同時出版《學刊》和《吹鼓吹詩論壇》雙刊物的詩社。

《吹鼓吹詩論壇》刊物創刊伊始，理念與網站相同，即是「詩腸鼓吹，吹響詩號，鼓動詩潮」十二個字，另由詩社同仁唐捐撰寫發刊辭，闡明刊物編輯的取向，共有四點：「我們期待表演」、「我們期待對話」、「我們期待遊戲」、「我們期待創造」。刊物形貌雖變，但仍秉持創社宗旨：「挖深織廣，詩寫臺灣經驗。剖情析采，論說現代詩學。」

　　《吹鼓吹詩論壇》刊物每年兩期，至二○一五年三月，共計二十期，前十八期由我擔任編務，後兩期起由陳政彥接任。刊物設主編一人，綜理所有編輯事務，並組織編輯小組，由主編邀約論壇版主或年輕詩人參與。

　　我編輯的期間，與網路論壇的版主們結合甚密，許多主題專輯或小輯都由版主負責協助，包括封面設計及內頁排版等等，無不付出心血與時間。每一期的專輯，盡可能走在時代前端，創詩壇創作之先，例如「同志詩專輯」、「詩的應用專輯」、「贈答詩專輯」、「地方詩專輯」、「勵志詩專輯」、「預言詩專輯」、「無意象詩專輯」、「新聞詩專輯」、「民怨詩專輯」……等等，正是為「詩腸鼓吹，吹響詩號，鼓動詩潮」而努力。

　　許多年輕詩人持續從「吹鼓吹詩論壇」網站的「少年詩園（國高中）」和「大學詩園」兩個詩版出身，也有許多老中青的詩人持續來到網站發表詩作，有的擔任各個詩版版主，有的持續贊助論壇經費，讓論壇永長保青春活力，從未斷炊。

　　「吹鼓吹詩論壇」除了論壇刊物的出版外，還出版《吹鼓吹詩人叢書》，廣納網路詩人的作品，每年預計出版詩集三到六冊，至二○一四年止已出版了二十五冊，這部叢書將持續下去，其分量不可謂不輕，尤其包含許多新進詩人重要的第一本詩集。吹鼓吹詩人叢書與詩刊，都是這時代詩壇形貌的最佳見證。

　　《吹鼓吹詩論壇》出刊十週年，「臺灣詩學」社務會議決定將刊物從二○一五年起改為每年出刊四期，讓出刊頻率更緊密，所以，詩人們有福了，吹鼓吹的詩號吹得更響亮了，詩潮將更為澎湃了。

競寫「臺灣」，深耕「詩學」

——試析《吹鼓吹詩論壇》第二十號至第四十一號之主題趨向

朱 天

臺東專科學校通識教育中心兼任助理教授

一 前言：鼓吹「臺灣」，交響「詩學」

　　誠如林于弘所言，「詩刊是詩作發表的根據地，也是詩人宣傳吶喊的發言臺，它的盛衰起落，也正標誌著現代詩在傳承與發展的里程碑」[1]；而相較於二次世界大戰後臺灣島上漸次興起、日趨紛繁的眾多詩刊來說，由「臺灣／詩學」所派生、衍化出的各式影響與各類特點，當為始於二〇〇五年之《吹鼓吹詩論壇》的殊異風貌（至於為何要以「論壇」為詩刊名稱，綜合各方說法，概有以下兩種意涵：其一，「論壇」代表了紙本的《吹鼓吹詩論壇》不僅與網路論壇同時存在，後者更是前者之所以能順利誕生的根源[2]；其二，根據二〇〇五年九月〈告別詩刊，走向論壇〉的發刊辭可知，之所以要在刊名強調「論壇」二字，應有突顯「自由開放，不論是對以立足於詩壇或是剛

1　方群：〈方群詩話十則〉，《吹鼓吹詩論壇》第十五號（2012年9月），頁37。

2　詳見蘇紹連：〈編者回應〉，《吹鼓吹詩論壇》第十五號（2012年9月），頁215。

投入心血創作的新生代，都採取廣為接納的態度」之意涵[3]。

　　首先，當「臺灣詩學」四字連讀時，代表的是自一九九二年起即以「為臺灣新詩的創作與發達，貢獻心力」、「為建立臺灣觀點的詩學體系，累積學力」為主要共識的「臺灣詩學季刊雜誌社」[4]；而這前後兩本刊物最為直接的關聯就呈現在，《吹鼓吹詩論壇》的創辦人——蘇紹連，本就是「臺灣詩學季刊雜誌社」的八位創辦人之一。

　　其次，更為深遠而內在的聯結則是，筆者認為「臺灣」與「詩學」這兩項關鍵詞，亦可視為從網路疆域興起之《吹鼓吹詩論壇》的總體主題趨向：因為，不論是《吹鼓吹詩論壇》的創刊理念——「詩腸鼓吹，吹響詩號，鼓動詩潮」——或是由同仁唐捐所寫的發刊辭——「我們期待表演」、「我們期待對話」、「我們期待遊戲」、「我們期待創造」[5]，皆可說是與「臺灣詩學季刊雜誌社」的創辦宗旨一脈相承；因為，「挖深織廣，詩寫臺灣經驗；剖情析采，論說現代詩學」本就是「『臺灣詩學季刊雜誌社』目標顯著的文字『logo』」[6]。

　　簡言之，本文主旨即在考察「臺灣」與「詩學」對《吹鼓吹詩論壇》所造成的實質影響；另，由於前十九期之內容已在第二十號「十年回顧」專輯做過精要式地回顧，故本文之實際觀察範圍，便起自第二十號、止於第四十一號。

3　詳見沈曼菱：〈十年鼓吹——談《吹鼓吹詩論壇》19期以來專題特色〉，《吹鼓吹詩論壇》第二十號（2015年3月），頁61。

4　蕭蕭：〈跨世紀與跨領域的詩學詩藝——臺灣詩學季刊社二十周年慶〉，《吹鼓吹詩論壇》第十六號（2013年3月），頁8。

5　蘇紹連：〈十週年小記〉，《吹鼓吹詩論壇》第二十號（2015年3月），頁52。

6　蕭蕭：〈跨世紀與跨領域的詩學詩藝——臺灣詩學季刊社二十周年慶〉，《吹鼓吹詩論壇》第十六號（2013年3月），頁8。

二 「臺灣」經驗之有機呈現

　　雖然在下列引文中蘇紹連所揭示的，是其評判詩集時所依循的思考原則；但筆者認為，蘇氏所謂以「內容」之「主題意義」與「呈現形態」判斷價值高低的具體方法，似乎亦能適用於檢視「詩刊」之整體成就：

> 出版詩集過後，拆卸詩集的裝幀才要開始，二〇一一年的詩集有多少本能在詩學定奪其價值？我們都知要從詩集內容上來檢視評斷，其主題上是否具有重大意義，此為評斷詩集價值的取向之一；……在詩集內容的形態上，大約有三種方式：……一般最常看到的皆是把許多不相干的詩作彙集成冊，至多找出有關係的詩作再成分數輯。整本詩集內容基本上是零散的，就連詩集書名亦只是其中一首詩的詩題，並不能概括整本詩集的主題或內容。另有一種形態，即詩集作品是有系統的、有組織的、有整體性的寫作，一本詩集就是一種完整的架構，從這樣的架構可以看出作者的規劃及寫作策略，可能為的是某一主題的書寫，……相對於上述以主題取向的詩集，更值得重視的是專為某一種創作技巧和形式而寫的詩集。[7]

　　不過，由於「內容」之「主題意義」的高低結果，殆與論者秉持之基本信念關係密切，且極易流於人言言殊、莫衷一是；故而筆者在此便僅從詩刊之「呈現焦點」切入，剖析《吹鼓吹詩論壇》第二十至四十一號的「內容」梗概（見表一）。

7　蘇紹連：〈詩的裝幀與拆卸〉，《吹鼓吹詩論壇》第十四號（2012年3月），頁10。

　　首先由下頁表一可知，《吹鼓吹詩論壇》的每期主題，宏觀來看雖似百花齊放、各自招展，但不論詩刊焦點如何更替——例如源自記憶深處的「懺情」經驗、真誠「許願」，或是與日常興趣息息相關的「歌詞」、「運動」，以及反映社會脈動的「魯蛇／溫拿」、「幹話／廢言」等（另一值得注意之處在於，從第三十三期起便時常出現的「／」式專輯命名法，其實亦相當程度地反映了臺灣及世界近來流行的斜槓風潮），其深層肌理卻皆不離「挖深織廣，詩寫臺灣經驗」之宗旨；再者，當我們切實審視詩刊內部的編排體例時，亦能清楚看出當期之焦點主題，確為詩刊在結構組成上無可移易的根本（見表二）。

　　以第二十號（本文觀察範圍之開端）與第三十三號（雙主編時期之始）為例，雖然每期涵括之卷數各自有異，但絕大多數的欄位設計，皆與該期之專輯名稱互相輝映；故可知，儘管作為多方來稿集結演出的盛大舞臺，詩刊幾乎無法（也不應）如蘇紹連所言「專為某一種創作技巧和形式而寫」，但全刊之內容呈現也絕非零散拼湊，而是透過富含有機性的穩健架構，忠實傳達詩藝創造的變與不變。

表一

號次	20	21	22	23	24	25	26	27
主編	陳政彥	蘇紹連	陳政彥	蘇紹連	陳政彥	蘇紹連	陳政彥	蘇紹連
專輯焦點	十年回顧	詩人的理性與感性	詩的視覺	語言混搭詩	宗教詩	人性書寫	遊戲詩	戲劇詩
號次	28	29	30	31	32	33	34	35
主編	陳政彥	蘇紹連	陳政彥	蘇紹連	陳政彥	陳政彥、李桂媚	陳政彥、李桂媚	陳政彥、李桂媚
專輯焦點	懺情詩	歌詞創作	許願池	論述詩	運動詩	原鄉／異鄉	推理詩	魯蛇／溫拿

號次	36	37	38	39	40	41		
主編	陳政彥、李桂媚	陳政彥、李桂媚	陳政彥、李桂媚	陳政彥、李桂媚	陳政彥、李桂媚	陳政彥、李桂媚		
專輯焦點	世界博覽會	幹話／廢言	紀念日／紀念物	最美風景／私房書店	女詩人	遺言		

表二

20號	十年回顧專輯（拾光掠影）	卷1、走過十年吹鼓吹	卷2、論述十年吹鼓吹	卷3、版主詩人大團圓	卷4、詩活動	卷5、撿拾光陰：時間詩展	卷6、詩家詩作	卷7、詩論述	
33號	原鄉／異鄉（凝視鄉愁）	編輯室報告	卷1、家鄉尋覓	卷2、詮家釋鄉	卷3、原鄉詩展	卷4、異鄉漂流	卷5、詩家詩作	卷6、吹鼓吹論壇精選	卷7、詩傳媒

最後，當我們細究各期主題之內在聯繫時，其實不難發現論壇主編設計焦點之發想途徑，可略分為以下三類——其一：沿循詩作形式特色的可能性（包括第二十三、二十九號）；其二：順承詩作生成方法的可能性（包括第二十一、二十七、三十一號）；依照詩作具體內涵的可能性（包括本次觀察範圍內的其餘號次）。而由詩刊各期主題之彼此脈絡與詩學理論之重大議題的暗暗契合來看，筆者認為相較於「臺灣」而言，「詩學」之旗幟或許是《吹鼓吹詩論壇》更為獨到之核心要素。

三 「詩學」體系之承舊創新

然則，何謂「詩學」？對於此項名詞之開創者──亞里斯多德來說，其意義應代表了與詩藝密切相關的各式探索：

> 關於詩的藝術本身，它的種類，各種類的特殊功能，各種類有多少成分，這些成分是什麼性質，詩寫得好情節應如何安排以及這門研究所有的其他問題，我們都要討論。[8]

不過，筆者認為若進一步援引二十世紀西方世界對於文學研究的普遍認知，則當能替原始意涵過於豐饒的「詩學」一詞，梳理其定義之內在體系：

> 在文學「本體」的研究範圍內，對文學理論、文學批評和文學史三者加以區別，顯然是最重要的。首先，文學是一個與時代同時出現的秩序（simultaneous order），……其次，關於文學的原理與判斷標準的研究，與關於具體的文學作品的研究──不論是做個別的研究還是做編年的研究──二者之間也要進一步加以區別。要把上述的兩種區別弄清楚，似乎最好還是將「文學理論」看成是對文學的原理、文學的範疇和判斷標準等類問題的研究，並且將研究具體的文學藝術作品看成「文學批評」或「文學史」。[9]

---

8 亞里斯多德著，羅念生譯：《詩學》（上海市：上海人民出版社，2006年5月），頁17。
9 韋勒克、沃倫著，劉向愚等譯：《文學理論》（南京市：江蘇教育出版社，2006年12月），頁32。

　　換言之，若暫時擱置從外在因素（如作者生平、社會環境等）開展之研究途徑，在韋勒克、沃倫眼中對文學本體範疇的三項思索焦點，其實正啟示著我們，作為學術研究的「詩學」，至少亦應在具體涵攝面向上觸及詩之「理論」、「批評」與「歷史」；而綜合來看，所謂的「詩之理論」（簡稱「詩論」）其處理的應是由詩本身輻射而出的普遍性、抽象性議題，「詩之批評」（簡稱「詩評」）則是聚焦於具體詩作的分析、詮釋、評價，至於「詩史」則是必須建構重要詩人、詩風、詩體等關鍵議題之演變過程並給予明確之價值判斷。

　　由此觀之，從「詩論」、「詩評」、「詩史」之相關著作的收錄狀況，當能一定程度地檢測出《吹鼓吹詩論壇》所開展出的「詩學」光譜，究竟展現了怎樣的特殊風貌──首先，是詩論、詩評之間所蘊含的隱性脈絡。從各期詩刊內詩學著作之刊登現象來看，在第二十號至第四十一號之範疇內，鄭慧如對其自身著作的回應，[10]當可看作是唯一與「詩史」最為相關的論述文章；但相對來看，關於「詩論」、「詩評」的耕耘，則可說是頗具規模──例如從下述列表內容來看，即可知《吹鼓吹詩論壇》除了已作到詩之評、論的並行發展，尚能依照專輯主題與一般性文章的不同，加以分類彰顯（見表三）。

---

10 鄭慧如：〈《臺灣現代詩史》的閱讀與誤讀〉，《吹鼓吹詩論壇》第四十號（2020年3月），頁169-174。

表三

號次 主題	詩學欄 位名目	專題詩評	專題詩論	一般詩評	一般詩論	其他與詩學 相關之文章
25‥人性書寫（2016年6月）	人性書寫專輯──半人半獸	1.謝予騰：〈淺探吳晟《吾鄉印象》「禽畜篇」中的人性問題〉，頁94-98。 2.古　塵：〈觀察洛夫禪詩中超現實主義的直觀與「人性」根本：以〈走向王維〉為例〉，頁99-104。	1.李翠瑛：〈葫蘆裡裝的什麼乾坤？──現代詩中的人性〉，頁7-11。 2.陳徵蔚：〈詩控情慾──神性、人性與獸性交燃出的灰燼〉，頁41-47。 3.陳鴻逸：〈此性非一〉，頁70-74。			
	論家評詩──永無止境			1.余境熹：〈德與尉的床邊故事莊仁傑〈他熱的表情〉誤讀〉，頁134-139。 2.江明樹：	李海英：〈度物象而取其真　妙萬物而為言──以黃梵《蝙蝠》為例重審當下詩歌寫作	

號次 主題	詩學欄 位名目	專題詩評	專題詩論	一般詩評	一般詩論	其他與詩學 相關之文章
				〈阮囊隱遁 詩及其 他〉，頁 140-144。	本土化問 題〉，頁 126-133。	
32：運動詩（2018年3月）	運動 詩論	蔡知臻： 〈趙文豪詩 中的社會運 動──文 學、社會與 美學〉，頁 64-68。	陳鴻逸： 〈民眾，我 要暴暴〉， 頁60-63。			
	詩家 觀點			簡政珍： 〈理論主客 體運用的實 例探討── 以孟樊的批 評為例〉， 頁136-147。	李桂媚： 〈江山代有 詩人出〉， 頁148-154。	向　明： 〈詩的偏 見──向明 讀詩筆記代 序〉，頁 155-156。

　　但除此之外，更令筆者矚目的當是詩之論、評在不同時空座標中所呈現出的組織脈絡，其實蓄藏了許多值得進一步積極開發的詩學意義──其中，聯繫觸角最為多元的，當非《吹鼓吹詩論壇》第二十一號莫屬：因為若以其專輯主題「詩人的理性與感性」為觀察焦點，則應不難發現，陳鴻逸的〈詩／思之波瀾──談「防波堤」概念〉（第十六號，2013年3月，頁242-246）、〈詩與思的路徑探取──讀〈自述〉〉（第二十二號，2015年9月，頁158-162），可說是分從前、後呼應了第二十一號專輯主題中「理性」之一端；而周盈秀的〈一棵開花

的樹變成森林以外——點讀情詩〉（第十九號，2014年9月，頁258-
261），以及李桂媚之〈三生有情——讀吳晟詩集《他還年輕》〉（第二
十號，2015年3月，頁268-271），則當視為第二十一號專輯主題之
「感性」序曲。除此之外，單線聯繫的呼應脈絡，尚有不少：像是陳
徵蔚的〈跨界獨舞：臺灣影像詩試論〉（第十六號，2013年3月，頁
261-267）可看作《吹鼓吹詩論壇》第二十二號「詩的視覺專輯」的
前鋒，而《吹鼓吹詩論壇》第二十三號「語言混搭詩專輯」則可視為
印卡〈詞的捨戒與句的還俗——《蚱哭蜢笑王子面》的新舊語言〉
（第十八號，2014年3月，頁233-235）的擴張與延續，陳鴻逸的〈念
念不忘必有迴響：蘇紹連的詩，麥浚龍的歌〉（第二十四號，2016年3
月，頁163-168）則必然與《吹鼓吹詩論壇》第二十九號「歌詞創作
專輯」暗暗共鳴、彼此交響。至於在多人、多篇針對同一議題所形成
的隱性論述交集以外，由單一作者對於特定主題所構築出的連續性或
層疊性之研究成果，亦值得研究者多加著墨、積極開發：像是李桂媚
便曾以蕭蕭之「禪詩」作為討論目標，先是在《吹鼓吹詩論壇》第二
十二號發表了〈撥雲見禪——讀《月白風清：蕭蕭禪詩選》〉（2015年
9月，頁163-168），又於《吹鼓吹詩論壇》第二十四號呈現出其對
〈以石頭為師——讀《松下聽濤：蕭蕭禪詩集》〉（2016年3月，頁
158-162）的精闢看法；換言之，當後人欲集中探討「蕭蕭禪詩」所
帶來的諸般影響以及自身所臻及之藝術高度時，李桂媚的相關研究，
便成為了不可迴避的研究重要資源。

　　其次，《吹鼓吹詩論壇》之「詩學」的另一項特色，當為「『評』
多於『論』」。在本文之觀察範圍中，除了第二十五與三十二號外，其
餘各期皆隨機偏重於「詩論」或「詩評」之一環，且在詩學文章之整
體發表態勢上，隱約透露出「評」多於「論」的傾向（例如在第二
十、二十二、二十四、二十八、三十三與四十號裡，便只有「詩評」

而全無「詩論」）；不過對筆者而言，重視「詩評」的最有力證明，當
然是各期「吹鼓吹論壇精選」內的「詩評」敘述：因為，除了第二十
二至二十四號全無詩評外，第二十九、三十一、三十六以及三十八至
四十一號都具體批評了論壇精選之部分詩作，而在第二十五、二十
六、三十、三十二至三十五與三十七號裡，更是對每一首來自網路論
壇的精選詩作，皆加添專屬的詩評。

　　再者，除了承襲舊有的學術規範外，在詩學之開拓上《吹鼓吹詩
論壇》更有其銳意創新之處──例如自第三十七號起成為常設欄位並
以「兼論作家生命歷程與作品」為目標的「詩人本事」[11]，便可視為
《吹鼓吹詩論壇》綜合詩學之內、外部研究途徑的嶄新嘗試（如下表
四）。

表四

號次	36	37	38	39	40	41
作者	李貴媚					
欄位	詩家詩論	詩人本事				
題目	〈總有一片月光引路──陳胤的文學行動〉	〈筆尖的旋律──孟樊的文學樂章〉	〈小小樹園，大大夢想──詩人吳晟的愛戀與憂傷〉	〈風景，無所不在──向陽的詩生活與台灣書寫〉	〈用文字為世界填補裂縫──洪淑苓的詩版圖〉	〈從好山好水到斯土斯民──林柏維的文學光譜〉
起訖頁碼	頁136-147	頁150-160	頁162-174	頁142-152	頁138-148	頁156-166

---

11 編輯按：〈編輯室報告〉，《吹鼓吹詩論壇》第三十七號（2019年6月），頁6。

　　然則，在突顯《吹鼓吹詩論壇》之三大「詩學」特色之餘，由上述表格延伸而出的一點疑慮是，詩學文章的欄位名稱，是應貫徹始終或者允許多元發想，是應清楚標示或者允許想像空間（見表五）。

表五

詩學文章欄位名稱	使用之號次
論述	20、23
評論	21-22、24、26、28、29
論家評詩	23、25
詩戰場	23
詩論	26、28、32、34、38
詩家觀點	30、32
論	31
論壇論評家	31
詩家論詩	34
詩家詩論	35-37、39、41
詩人的世界觀	36
詩人本事	37-41
專論	40、41

　　因為，若依據前述所提及之「詩論」、「詩評」與「詩史」的定義來看，「評」、「論」之間，分工有別──然而，表五列舉的「論述」、「評論」、「詩家觀點」、「論壇論評家」、「詩人的世界觀」等詩卷名目，便不易使讀者立即清楚獲知，此項欄位所欲呈現之主題究竟為何；此外，關於「詩戰場」與「詩人本事」等較為特殊的欄位名目，

雖然曾在特定號次中出現過相關的定義解釋，[12]但若能在每次使用時，在適當之處添加簡要的說明，或許將更有利於讀者閱覽行為的展開。

四　結語

　　整合來看，就第二十號至第四十一號的總體狀況而言，《吹鼓吹詩論壇》在專輯主題上對「臺灣」經驗的競寫風潮已成規模，並且走出多元、並置、創新、趣味之鮮明路線；不過，若站在精進求全的角度來看，如何將臺灣與世界相互串連、彼此激盪，吹奏成更為豐沛、繽紛的生命樂章，相信是未來值得挑戰的目標——因為筆者深信，透過「對照」、「風景」更深。

　　至於在「詩學」領域的耕耘上，對「詩後加評」之推廣與「詩人本事」之開創，其成果已有目共睹；然則，對於與「詩評」相比作品總數較少的「詩論」來說，若能在詩本體（內容、組成、結構、風格、功用）或詩方法（創作、閱讀、批評）等相關面向上持續建設、多方探索，必能積沙成塔、集木成林——更進一步來說，若能確實站在詩之評、論分進合擊且又穩固支援的基礎上，對「詩史」的擘劃鉤沉，相信亦將日漸明晰。

---

12 關於「詩戰場」之意義，蘇紹連曾指出乃是針對「詩壇現象或詩創作現象」而發的「評論」（詳見《吹鼓吹詩論壇》第十六號〔2013年9月〕，頁12）；至於「詩人本事」的定義，詳見〈編輯室報告〉，《吹鼓吹詩論壇》第三十七號（2019年6月），頁6。

二〇〇五年創刊吹鼓吹評論壇由蘇紹連主編

詩社的運動之路

陳鴻逸

經國管理暨健康學院通識中心專案助理教授

臺灣詩學季刊社創辦於一九九二年十二月六日，《臺灣詩學季刊》於二〇〇二年改版為《臺灣詩學學刊》，以學術論文為主，附刊詩作，後於二〇〇三年六月設立「吹鼓吹詩論壇」網站，再於二〇〇五年九月出刊《臺灣詩學・吹鼓吹詩論壇》，迄今仍以雙刊物方式展現，可謂創下詩壇新舉。（本文將「吹鼓吹詩論壇」指稱網路版，《吹鼓吹詩論壇》則指實體紙本刊物）

詩社初期由尹玲、白靈、向明、李瑞騰、渡也、游喚、蕭蕭、蘇紹連創立，皆為一時之選，人們也總以學院詩人（兼負校園教師、詩人等身分）指稱成員。隨著詩社、吹鼓吹詩論壇能量和版圖擴大，成員數（不含網站上的駐站版主、詩人）日亦增加。

除組織成員外，如何讓社群維持高度量能，是場域擴充、順行文化領導權的關鍵。表面上，文化領導權是權力、意識形態與話語權的爭取，實者重塑文化和思想領域，而傳播媒介的非強制性，能夠浸透人們的信仰體系、生活方式、品味訓練，進而培養近似的價值。回顧詩社推動的刊物、專題、座談、研討會、網路平臺，形成一股綿連不絕、多方嘗試的運動方式，成功與否尚未論定、是否有意識認定為運動也未知，但以實際行動、傳播效果、議題導向來看，暫稱其「運動

類型化」尚應適切，以下就簡述詩社、刊物如何達到有效度的傳播。

一　爆發

　　爆發型運動追求能量蓄積後集中火力前進，求一鳴驚人成功。過往，臺灣部分詩社、詩刊成立會藉由特定口號、論述獲得矚目。《臺灣詩學季刊》由向明擔任首任社長，加上初期許多詩人名家撰稿支持，確立編輯走向，對刊物長遠發展如定錨而知水深。而創刊第一、二期「大陸的臺灣詩學專題」效應，波盪至第四期章亞昕〈隔著海峽談詩──從蕭蕭先生對《臺灣現代詩歌賞析的批評說起》、耿建華〈搔到了誰的癢處──就〈隔著海峽搔癢〉一文與蕭蕭先生商榷〉，第五期徐望雲〈可能有問題的兩岸詩學交流──與蕭蕭、白靈、向明、古遠清、章亞昕、耿建華《研究研究》〉、古遠清〈關於「大批判情結」、政治敵意、詩的詮釋諸問題──對南鄉子〈詩評家的邪路〉一文的答辯〉，甚至到《臺灣詩學季刊》第十四期還有「《大陸的臺灣詩學再檢驗》專輯」，增加詩刊的討論度。

　　自「大陸的臺灣詩學專題」開始，詩社、詩刊擁有驚人的論述行動，「專題」二字往往代表行動的統合、意念的闡述，「大陸的臺灣詩學專題」的闢設，有助於重新審視兩岸交流下臺灣詩學之內涵定義。過程不乏從政治、社會與詩學發展源流角度切入，文學傳播卻指出場域具有強烈的文化性格，從外在／在地的領導權詮釋，臺灣詩學發展無法自外於不同區域、國家的影響，故應特別留意臺灣現代詩的傳播路徑，從臺灣、大陸、不同區域的互動，探見各自獨特的樣貌。詩社與《臺灣詩學季刊》經此一「役」，確立了在臺灣詩壇、詩刊的位置外，開放態度也有助多方交流。

二　推廣

　　蘇紹連曾憶，創辦隔年（1993年1月起）開始每月舉辦「現代名講座」，賞析白萩、鄭愁予、洛夫、商禽等詩人作品。同時舉辦「挑戰詩人」，羅門、瘂弦、周夢蝶、洛夫接受挑戰，深究詩人創作的內心轉折。此外「第三屆現代詩學研討會」、「覃子豪先生逝世三十週年紀念會」、「在現實的裂縫萌芽：岩上學術研討會」、「現代截句詩學研討會」等學術性論文研討會；一般性的「現代詩教學座談會」、「年度詩選座談會」、「臺灣新世代詩人會談」到近期《臺灣現代詩史》座談會、「巫們's詩／私·Talk朗讀會」女詩人朗讀會，[1]試圖與大眾拉近距離，同好透過交流，達到「人詩共鳴」，鼓勵大眾踴躍加入詩社活動，理解詩是什麼？詩能是什麼？詩能做什麼？

　　活動通過詩人現身、對話交流，能夠直接與讀者接觸培養認同。在消費服務致勝的年代，讀者能否「買單」有時取決於他理解了什麼、感受了什麼、參與了什麼。詩創作、詩論述或詩學建構有時距離讀者太遠，提供平易近人又收穫滿滿的其他選項，是詩社能量得以維持的主因之一。對話的渠道有很多種，紙本刊物、網路只是其一，實體會面亦不可少，研討會、座談會、朗讀會則為「詩」的詮釋、世代對話、新血參與找到更多可能。

三　跨域

　　跨域也包含著跨媒介，「吹鼓吹詩論壇」（網路、紙本）的設立，

1　請參閱蘇紹連：〈《臺灣詩學》刊務1992年-2003年〉，楊宗翰、林于弘編：《與歷史競走：臺灣詩學季刊25週年資料彙編》（臺北市：秀威資訊科技公司，2017年），頁39-40。

代表訊息傳播方式的移轉。麥克魯漢（Marshall McLuhan）「媒體及訊息」（The Medium is the Massage）點出「媒介」足以改變內容形態，新媒介引發新思考。二〇〇〇年之際，部分臺灣詩人：向陽的「向陽工坊」、蘇紹連的「現代詩的島嶼」，建立網站作宣傳。由於BBS詩版的基礎、自建網站的關係，二〇〇三年六月七日《臺灣詩學學刊》第一期及二〇〇二年詩選發表會上，創社成員蘇紹連宣佈建構類似BBS詩論壇計畫。詩社同意撥出經費購買虛擬主機，詩論壇立即於六月十一日前申請網址登錄上網，並取名為「吹鼓吹詩論壇」，[2]「吹鼓吹詩論壇」被定位為新世代新勢力的網路詩社群，並以「詩腸鼓吹，吹響詩號，鼓動詩潮」十二字為論壇主旨，典出自於唐朝・馮贊《雲仙雜記・二、俗耳針砭，詩腸鼓吹》：「戴顒春日攜雙柑斗酒，人問何之，曰：『往聽黃鸝聲，此俗耳針砭，詩腸鼓吹，汝知之乎？』」。取自黃鸝聲悅耳動人，能發人清思、激發詩興，「吹鼓吹」之名定立，也建立現今網站雛型。[3]「吹鼓吹詩論壇」網站設立後，二〇〇五年九月出刊《吹鼓吹詩論壇》實體紙本，目前（2020年）以一年四期（季）的方式繼續發刊。

　　新媒體、新媒介改變也帶動新的內容，除論壇網站版主各職的版面外，吹鼓吹詩論壇實體化詩集從第一期迄今設立不同主題，區隔開《臺灣詩學學刊》學術調性，轉入網路與紙本的互文形態。從《吹鼓吹詩論壇》創刊後，象徵承接《臺灣詩學學刊》「創作」園地，讓《臺灣詩學學刊》正式轉型學術性刊物，「吹鼓吹詩論壇」與《臺灣詩學學刊》得以互相支援，「詩創作」與「詩學論述」雙線並進開拓不同「客群」。

2　米羅・卡索：〈《臺灣詩學》之新世代網路詩社群〉，《臺灣詩學》第2期，2003年11月，頁206

3　請參閱米羅・卡索：〈《臺灣詩學》之新世代網路詩社群〉，《臺灣詩學》第2期（2003年11月），頁206-207。

　　過去，臺灣詩社與網站成員或有重疊，但多以偏屬詩社或網站其中一類。「吹鼓吹詩論壇」算是平臺運作、跨媒介發展的最佳範例，主要原因在於網站的開放性、互文性與多元性。相較《臺灣詩學學刊》以編輯、刊物、活動企劃為主，「吹鼓吹詩論壇」向大眾開放、向新嘗試議題開放，也向著過去（或其他）駐站詩人開放。「吹鼓吹詩論壇」雖由臺灣詩學季刊社成員主持創設，卻不妨礙網站上的「眾聲喧嘩」；其次，《吹鼓吹詩論壇》實體發刊以來，除了遞接部分吹鼓吹詩論壇的創作主題（區）外，每期都有新的嘗試議題，例如從網路詩、同志詩、應用詩、贈答詩、惡童詩、地方詩、預言詩、詩集詩、勵志詩、小人物詩、小說詩、國家詩、無意象詩、聲音詩等徵詩主題，一再打破詩的主題邊界，將不同元素、議題結合在一起，詩內容一步又一步地勇敢「跨界」出去，形成了多元創作、多元議題。

　　不過資源共享、互文關係的特色才是網站能長期運作、獲得青睞的主因，網路有跨時空、區域的特性，卻不具有完整篩選機制。吹鼓吹詩論壇各版主作為初階「守門人」，只是文本呈現的第一關。紙本接著出刊的「選集」才能夠汰「選」與「集」合，「藝術性」依舊詩的核心價值，紙本刊物不僅滿足了「美學」的評斷基準，也代表特定的「品味訓練」與「詮釋能力」。

四　延續

　　觀察《臺灣詩學季刊》、《臺灣詩學學刊》、《吹鼓吹詩論壇》固然有不少新發專題，編輯上卻可看到某些偏好與延續性課題，例如散文詩創作在「吹鼓吹詩論壇」網路上有其獨立的版面（版主），但從《吹鼓吹詩論壇》十期「散文詩教主『悼念商禽』」、十二期「散文詩獎小輯」到二〇二〇年舉辦的散文詩競寫，加上詩社成員、論壇版主

的創作，散文詩徵稿、研究成為了反覆出現的主題。

　　另一條延續型運動就屬小詩（及截句詩），《臺灣詩學季刊》第十八期以「《小詩運動》專輯」徵選入不少詩人作品，接著《吹鼓吹詩論壇》十二期又有了一次「小詩專輯」，而到二○一七年更以「截句」為主軸，開始推廣截句詩類型。小詩創作者固然不少，但進入到實際研究討論者卻不成正比，蕭蕭、白靈長期經營小詩，認為小詩、截句詩的發展形式，應朝「寫情而不急於抒情，寫一生卻以小事小物出手，寫自己而不及於自身」的方向前進之中。[4]尤以當前詩（或文學作品）越來越「輕薄短小」，邀請讀者參與，不僅考驗著詩與詩人的生存之道，詩社也面臨新興讀者、創作者的「小」確幸、「小」喜好。

　　散文詩、小詩（或截句詩）的提倡似乎和成員詩作風格、擅長技法密切相關。「驚心」系列散文詩聞名的蘇紹連、擅創小詩的蕭蕭和白靈，應都有助於詩社推動徵獎、活動主題，召喚喜愛此詩類型的創作者。拉長來看，散文詩、小詩（或其他類型詩）積累出的詩作、論述，有助於詩社的「敘事化」過程，例如詩社對臺灣詩壇帶來的因果影響是什麼，未來也是值得思考與整理的議題。

五　領導

　　詩社以專題標幟，帶動詩論、創作的能量，從《臺灣詩學季刊》第一期「大陸的臺灣詩學專題」系列引發漣漪，奠立詩壇場域突出的議題辯論，達到立足臺灣、開展對話與多域交流。

　　前面談到詩社推動小詩、截句詩，出自對詩壇、出版物的觀察，二○一四年的「鼓動小詩風潮」，臺灣有八個刊物出版了小詩專輯，

4　白靈：〈從斷捨離看小詩與截句──由臺灣到東南亞到兩岸詩的跨域與互動〉，《臺灣詩學學刊》第30期（2017年11月），頁83。

大致承認十行以內的詩作為小詩的公約數。和大陸相比，白靈觀察到「小詩」一詞似乎在大陸施不上力，或說也不太用小詩一詞。一直到二〇一五年底大陸小說家蔣一談標出「截句」一詞與出版系列截句詩叢，（唯其一方面並未標注出處或附上原作，一方面也未標識詩題，如此所出截句詩集乃成了片語斷章。在大陸形成一股不小風潮。[5]風潮吹進臺灣後，臺灣詩學成員接收了部分概念，舉辦了創作徵稿、叢書出刊、截句詩學研討會。

回顧二〇一五年大陸蔣一談興起「截句」[6]開始，白靈、蕭蕭努力地在臺灣傳播領域推展，二〇一七年更以「截句」為主軸，成員向明、蕭蕭、白靈、尹玲、方群、靈歌、雲朵陸續出版《截句》集，「facebook詩論壇」精選成集為《臺灣詩學截句選》、卡夫《截句選讀》，[7]加上二〇一八年底截句詩學研討會，廣邀多國詩人學者專家與會，從古典詩與截句詩的源流脈絡、截句詩的再定義、傳播史的研究、個別作家論及比較論多方視角切入，屬近期詩學研討會的難得景況。

截句詩運動是近期臺灣「詩創作類型」的傳播實踐，標誌某種文化領導權的展現，而過程中如何布建場域、運作詮釋能力，都是成功

---

5 白靈：〈從斷捨離看小詩與截句——由臺灣到東南亞到兩岸詩的跨域與互動〉，《臺灣詩學學刊》，第30期（2017年11月），頁99。

6 「截句」為當代大陸的蔣一談（1969-）鼓吹，他在二〇一五年十一月出版題名《截句》的詩集，書名另有小標題：「塵世落在身上」，後記〈截句，一個偶然〉憶及二〇一四年秋天舊金山中國功夫館，看見李小龍照片，想起「截拳道」的功夫美學：「追求簡潔、直接和非傳統性」，於是乎便將自己所感所寫稱為「截句」出版。每頁詩有行無題，所以自稱是一冊沒有目錄的文本，詩冊占一三六頁，「截句」一百三十五首中（其中二十五頁只放一張狗照片），詩篇從一行至四行皆有，引發了一波風潮。蕭蕭：《新詩創作學》（臺北市：秀威資訊科技公司，2017年），頁86。

7 蕭蕭：〈與時俱進・和弦共振——臺灣詩學季刊成立25週年〉，楊宗翰、林于弘編：《與歷史競走：臺灣詩學季刊25週年資料彙編》（臺北市：秀威資訊科技公司，2017年），頁21。

與否的因素。截句詩一詞固然發源於大陸，然分類定義尚在發展、討論中，透過創作、論述、研討會能夠聚合不同觀點，詩社也慢慢建立起屬於臺灣獨有的截句詩風格、詩學理論。

六　小結

本文試以文學傳播角度論其運動類型，期望能帶領讀者理解詩社創社以來的各種努力、不同面貌。實際上，可預知的挑戰在於面對（詩）文學被「輕薄」的年代，詩創作與詩學建構如何跟上「網（民）速（度）」，在在考驗現當代詩社生存能力。

詩社能否發揮影響，成員、活動能力、展演方式皆是聚合能量的要素；再者，透過詩社成員、吹鼓吹詩論壇的網路平臺集合了不少愛好，而以活動企劃引領編輯企劃更見證詩社成員的能量，將詩帶入愛好者的身邊，以詩面對人、詩人面對詩的方式活絡。就目前而言，媒介平臺、議題引導、鼓勵創作、詩學論述再到實體刊物、叢書出版，如何求新求變求異又求同，過去歷史已給了一部分回應，未來相信詩社會繼續作答，給出精彩且值得的答案。

《吹鼓吹詩論壇》詩評論近年觀察

謝予騰

臺東大學通識教育中心兼任助理教授

　　重新翻閱了自二十一期改版後，《吹鼓吹詩論壇》（以下稱《吹鼓吹》）裡的詩論與詩評後，我心中冒出一種「本該如此」的期待感。

　　過往討論現代詩在臺灣社會中，之所以與老百姓越走越遠，檢討方向主要是對著詩人、詩作，又或回頭去責怪讀者的程度乃至於僵化的教育體制等等，而缺乏中介者、詩評家和有效評論的討論，關注與討論就相對少了一些——雖說這其實也是個巨大的問題。

　　隨著網路的興起，關於詩的論壇、網站、社團和看版等等是越來越多，其中不乏「晚安詩」、「每天為你讀一首詩」這樣的專頁出現，IG上也出現了許多會以鋼筆字等去抄寫詩作的帳號，這些較過去可口而容易閱讀的評論，當然對現代詩拓展讀者，有著很大的助益，填補了前述一部分的問題，但卻也同時落入了現代詩未來另一個可能的族群化、標籤化之困境中。

　　當然我並非指涉這些評論有任何平庸或媚俗的意圖，畢竟姿態的選擇和預期讀者有必然的關係，要面對普羅大眾的評論作品，策略上自然不會端出太困難或過度前衛的討論，尤其這些普羅讀者裡頭可能有許多，是好不容易提起勇氣，脫離了臺灣中學裡陳腐國文課體系思維後，重新嘗試不以考試分數為目的，如靈魂新生般，再度接觸現代

詩的那些人。

　　因此，這些現代詩的專頁為了包括按讚數在內的考量，怎麼可能一下拿出太繁複的文學理論一類的工具，去探討這些詩作？不只是不必要，同時也明顯不符合網路上普羅讀者們的需求。

　　這些新興的評論平臺與媒體，確實近年讓讀者與詩作之間搭起了橋梁、扮演了重要的中介身分，但是否就已經完全填補了「臺灣現代詩缺乏評論」這樣問題的大洞呢？

　　就算忽略族群化、標籤化的問題，答案也仍是否定的。

　　詩的評論，除了是為詩人、詩作和讀者之間重要的媒介之外，同時也是往往詩人將自己赤裸靈魂展示於世界眼前後，可以得到的少數回聲——要知道，真正的讀者，往往是沉默的，而且就算他們讀詩、受到感動，甚至在詩前放聲哭泣，那些反應九成以上是無法傳達到詩人端的；同時，詩人也很難全面地知道有多少人和到底是誰看過自己的作品，就算知道了，能夠主動請求給與反饋的詩人一來不多，再者真能給出反饋而滿足了詩人對話需求的讀者，又占了全體更少的部分——這也就是詩評、詩論家的另一個功能，他們同時代表了讀者對於詩作的回饋機制，讓詩人感覺自己對世界的呼喚，有了一點被印證某種存在似的回應。

　　於此必須得強調，文學評論和學術論文，是兩種不同的文類，當然評論中難免存在著學術成分，而學術論文中自然也會帶著正反評論，但兩者間應該有一定程度的差異性——這點目前其實沒有明確的界定標準——以學術論文而言，那是一個高度專業的文類，該有什麼要求、引用格式、標點乃至於學術用語等等，缺一不可，即便是再有趣再新穎的想法，文字敘述上還是有必須要遵守的行文方式；相對於此，評論就顯得自由得多，內容與可運用的題材上也就更廣、更開放。

　　舉例而言，如果是在寫學術論文，那就是一分證據說一分話，

「假說」就只能是「假說」，不可以是比方或猜測，同時文中也會盡力求真而避免不需要的爭議，和小心不可自鑄偉辭等等，也就是說看到一頭犀牛，你就得努力去證明那是一頭犀牛與牠的品種，不能有「看起來像獨角獸」這樣的文字出現；然而，在進行評論性文字時，比喻就成為行文中重要的一環（起碼對我而言是如此），上從神話，下到動漫迷因，沒有什麼元素不能拿來進行連結，畢竟詩評論要面對的並不是學院裡的學者，而是可能的任一大眾，如果文章中不存在可以讓普羅讀者感同身或有趣的進入點，就會顯得乏味且枯燥，除了無法為原來評論的作品吸引到更多讀者之外，對詩人的回饋也就難以真情而到位。

但這幾年來，臺灣的詩評、詩論，基本上有很大一塊，已然完全地學術化了，尤其是論文的本身開始需要被評鑑、影響升遷問題時，對學者型的詩評家而言，一篇評論和一篇論文所能得到的實質回報，完全是不同的，再加上學術文章的用語比評論往往講究一些，俚俗的情況較少，評論的學術化便出現一種「由俗入雅」的錯覺，似乎往這個方向發展，才是比較精緻或典雅、有說服力的展現。

《吹鼓吹》中的詩論，大概有一半左右，也是這樣的情況——雖說這本來就是可以被預期的事，有點類似臺灣人總以為喝威士忌就一定比啤酒來得高階那樣，而且畢竟《吹鼓吹》的詩人群中，和學院、研究工作有關的詩人，實則不在少數，年輕的後繼者中擁有研究生身分者亦不少，故而詩論的學術化在《吹鼓吹》中，也是一個常見的現象。

以《吹鼓吹》現任的兩位主編為例，任教於嘉義大學中文系的陳政彥，和服務於大葉大學的臺北教育大學臺灣文化研究所文學碩士李桂媚，在詩論中呈現出來的論述與方式，基本上就是循著學術體系而來，此外包括任教於經國管理暨健康學院的陳鴻逸、健行科大的陳徵

蔚，以及目前就讀臺灣師範大學國文所博士班的蔡知臻等人，都是這種書寫方式的代表——學術於他們而言，基本上該是生活的部分，像走在路上下雨了就要撐傘一樣的自然。

而除了帶有高度學術色彩的文章之外，另一半的詩評，則保有了學術以外，屬於評論者個性、風格的部分，這樣的作品或許是符合該次《吹鼓吹》的主題所寫出的評論，也或許是針對某個詩人的作品進行的心得討論，其呈現的方式就明顯與學術色彩較重的文章有所不同。

這樣的書寫方式，主要有兩種不同的表現形式，其一是類似散文的筆法，按自己慣於陳述的方式，來表達心中所思所想，另一種則是筆記形式，類似隨筆、雜文的方式，將文章呈現在《吹鼓吹》裡頭，比如向明、林群盛、徐培晃、廖啟余等人，都有過這樣的作品。

特別的是，上述所說不是以純學術方式進行詩論的作家、詩人們，其實不少人都有著學術背景，同時也不少人曾經在《吹鼓吹》上，發表過另一種學術色彩較重的詩論；如果只是因為單純沒有受過學術訓練，而無法寫出具備學術色彩的詩評和詩論，那就不過是能力上不足罷了，但明明有能力寫出較有學術性的作品，為何這些評論家們，沒有選擇以學術文章的形式，來當成自己詩評、詩論的敘述方法呢？這樣的現象，或能解釋為這些詩評家對於學術論述之外，企圖尋找更自由、不受拘束，且更不同表述方式。

這並不是什麼面對體制而故意不合作的惡趣味之展現，也不該被視為是刻意為求標新立異而選擇的路線——要記得，學術書寫的規範是繁複且高度嚴謹的，文章中不要說趣味，就連作者內心的許多心得、感想，都在一定程度上受到較強的壓抑，更不用說還得經過匿名審查後才有機會刊登在學術性刊物上，這必然是所有具備相關經驗的詩評家們所共有的經驗；而當發表文章的場域，進入到了《吹鼓吹》這樣相對自由而可以暢所欲言的平臺，會想要擺脫學術框架，運用不

同的語言、語氣和句法，甚至在文章中表現得詼諧幽默，自然就成為了這些詩論家的一個出口，當然這樣的說法並非指學界沒有學術自由，而有點類似一個賽跑選手在正式田徑賽時的跑法，與他平常自主訓練時的跑法會有所不同，是一樣的意思。

雖說這樣的說法，乍看只是《吹鼓吹》系統中有學術背景的詩家們，為了暫時離開學術環境，而在《吹鼓吹》發表詩論以為自娛，但其實這樣的解讀並不正確，而應該視為《吹鼓吹》成為了這些詩家，將許多高度實驗性的觀點，藉著《吹鼓吹》這個較為自由的平臺來發表、分享。

在沒有高度學術壓力的情況下寫詩評與詩論，詩家們相對可以放得更開，除了對詩作內容的討論可以更大膽之外，對於現代詩的發展、回應《吹鼓吹》編輯室每期所提出的不同主題等等，其實是推著臺灣現代詩整體環境向前進的重要力量，不同的思想與理論甚至嘲諷性的語言，正代表了《吹鼓吹》提供了一個活潑而高度思想自由的場域──就像藍帶主廚下班回了家，隨手準備自己與家人想吃的消夜那樣。

當然不一定在這裡的一切觀點都必然是正確或正向的，也不一定所有的隨筆都一定有著絕對高度的實驗性，但起碼字字句句是詩評、詩論家們發自內心而不需小心翼翼修整的真實告白與見解。

這樣高度自由的思想與行文的成果，從《吹鼓吹》每期不同的主題、詩風，甚至讓文字擦出跨國界、跨文類的火花，就可以看出，對詩評、詩論家和詩人們來說，有什麼比讓他們放任思想奔馳來得更重要？愛上了一匹野馬，就該讓牠擁有草原！這已然接近了西方哲學最原初對於「愛智」的追求，更進一步來說，也可能是下一個「詩學」興起的開端──當神獸們有一天真在彼此的激盪中，突破了時代或封印，其展現出來的究竟會是如何的樣貌，最後會發展出如何革命性的

結果，都是值得期待之事。

　　此外，學術色彩較濃厚的詩論、詩評發表在《吹鼓吹》，也並非就只單純是一種詩論、詩評的學術化展現而已，由於《吹鼓吹》不同於各學術期刊的場域特色，要在《吹鼓吹》上發表相對對於新生派或者非主流的論點，或者討論較少被臺灣主流學界認識的詩人作品，是可以被接受而相對被歡迎的事，雖說審查上自然就沒辦法有THCI那樣的公認學術高度，但對於學者型的詩家而言，卻也是一個相對可以暢所欲言的場域──類似於一樣是連鎖的手搖飲料店，不同地點的店家可以提出專屬自己不同的季節特調和單一品項，而不必受總公司管制那樣──《吹鼓吹》也透過這些不同詩評、詩論家自由的書寫和觀點，提供給詩人和讀者們更大的視野。

　　身為一本定期出刊而有一定知名度的詩刊，《吹鼓吹》上所聚集的評論家、詩人，已形塑了屬於《吹鼓吹》獨有的詩論、詩評文化，這點除了一般關於作品的討論與詩風呈現之外，在《吹鼓吹》不同期的主題與詩論、詩評的搭配上，可以看到其獨特的面貌；當然，有詩評、詩論的詩刊並非《吹鼓吹》而已，但能夠如《吹鼓吹》的詩論、詩評這般，同時有著高學術色彩，又具備可以回應詩人需求，並且還保有部分詩家獨有的隨筆風格的詩刊，《吹鼓吹》可以算是翹楚──就像在南部有許多分店的丹丹漢堡，於整個臺灣速食業文化裡，占有一定的地位，是差不多的概念。

　　當然如果有意，《吹鼓吹》願意在這塊繼續深耕，應是可以造就詩刊的另一層定位，再搭配《臺灣詩學學刊》的發行，以及網路上詩論壇的持續經營，於學術論述、文學批評、作品賞析乃至於詩風的開拓上，必然都會有更大的收穫，累積到了一定的歲月程度，相信《吹鼓吹》這樣的詩刊，將為臺灣現代詩壇帶來不同的面貌，同時也會是孕育未來臺灣詩人、詩評家、詩論家和現代詩學者的重要搖籃。

「吹鼓吹詩論壇」紀事

葉子鳥

「吹鼓吹詩論壇」站長

　　「吹鼓吹詩論壇」是隸屬「臺灣詩學」的一個純「詩」為主題的網站，於二〇〇三年六月由蘇紹連老師創建，集結了當時眾多活躍的年輕詩人擔任版主，如林德俊、劉哲廷、廖經元、紀小樣、銀色快手、楊佳嫻、楊宗翰、鯨向海、李長青……，在各種網路媒體方興未艾之際，是一個非常具有詩人磁吸力的平臺。蘇紹連老師有著詩人網路的敏銳度，所以就詩的形式、內容的觀點及詩人的需求，將網站架構分門別類，也因熱絡度與否增刪或合併。

　　在當時蔚為網路詩社群的先鋒，集結了各個年齡層的男女老少，打破所謂「年級」世代詩人的分野，各路好手雲集，即便是一開始對「詩」並不嫻熟的人，因為在詩論壇裡切磋交流，版主們悉心回帖，甚而為詩寫詩評，使得習詩有了更專業的平臺，透過這樣的互動，很多人也因此突飛猛進，獨樹一格。蘇紹連老師觀察到此現象，覺得非要有一本紙本詩刊，才能把優秀的作品集結刊印留存，從詩論壇裡的置頂作品與精華區作品選入詩刊，並且每期的詩刊都選定主題徵稿，更讓詩論壇的詩作活絡起來。

　　於是，在二〇〇五年九月《臺灣詩學‧吹鼓吹詩論壇一號》「隱密的靈魂」出版，將網路詩與紙媒結合，此後每半年出版一本紙本

「吹鼓吹詩論壇」詩刊，初期除了是蘇紹連老師主編，也讓詩論壇的版主參與選詩編輯，是詩論壇與紙本詩刊密切結合時期，並且在詩刊闢了「新世代詩人榜」後改為「吹鼓吹詩人榜」推薦詩論壇優秀詩人，使得這些詩人漸漸浮出檯面，在當時實為創舉。蘇紹連老師自二〇〇五年起至二〇一四年止，共歷時九年，編至《吹鼓吹詩論壇十八號》「刺政」‧民怨詩專輯，改為陳政彥主編，後來加入李桂媚，異動為季刊每三、六、九、十二月出刊，編委由詩論壇版主黃里（於2020年9月中旬卸職，改由涂沛宗接任）、寧靜海擔任，除了詩論壇精華區，也結合了「Facebook詩論壇」選詩，這已經成為有紙本刊物詩社的效法途徑。

二〇〇八年更擬定了出版《臺灣詩學吹鼓吹詩人叢書》方案，免費為詩人提供出版，二〇〇九年首發為：黃羊川《血比蜜甜》、陳牧宏《水手日誌》、負離子《回聲之書》三位詩人的詩集，迄今已逾十年，約莫四十幾本之譜，實為可觀。二〇一〇年開始第一屆臺灣詩學創作獎，結合了詩論壇平臺的投票方式納入評審參考。

二〇一一年藍丘與教育廣播電臺主持人張馨文的「心花朵朵開──心情手記單元」合作，廣邀「吹鼓吹詩論壇」的詩人前往電臺朗讀詩作，並暢談創作背景與動機。當時冰夕、阿米、龍青、莊仁傑、葉子鳥等受邀訪問，後來藍丘與莊仁傑也負責一些節目時段。彼時龍青與黑俠的「七號咖啡‧廚房」還在新店，是受訪後拿錄音檔的據點，後來在溫州街開店改為「魚木人文咖啡廚房」，是二〇一四年「吹鼓吹詩雅集」一開始集結論詩的北部場域。

二〇一二年七月「吹鼓吹詩論壇」第一次版主與詩友於中國醫藥大學聚會，由若爾‧諾爾（曾在「吹鼓吹詩論壇」建立「雙語詩」版及擔任散文詩版主）策畫與葉子鳥偕百良、王碼、然靈、余小光等人密謀執行，主題是「臺灣詩學二十週年慶及祝福吹鼓吹詩論壇」，還

有蘇紹連老師的生日。與會者眾，由葉子鳥主持，蕭蕭老師致詞，有小光與嚴忠政詩的對談、百良、王礎結合詩的魔術表演及製作播放許多版主及會員的祝福影片，還有曾元耀和黃里單獨拍攝的影片等等，在當時詩人們還不是那麼熱絡與熟識，純粹只是網路上的認識，這一次的聚會引起許多驚喜，但其實真正的目的，還是要感恩蘇老師對於詩人們的提攜。

二〇一二年九月蘇紹連老師主編《世紀吹鼓吹：網路世代詩人選》，[1]選入活躍在「吹鼓吹詩論壇」的優秀詩人，計有王羅蜜多、葉子鳥、若爾·諾爾、蘇善、負離子、古塵、冰夕、希瑪、莊仁傑、然靈、黃羊川、劉哲廷、阿米、藍丘、陳牧宏、喵球、橪曦、蘇家立、余小光、百良二十一位詩人詩作選集。[2]

二〇一四年三月初春聚，「吹鼓吹詩論壇」版主們於靈歌家樓下的接待廳聚會，有黃里、蘇善、葉莎、蘇家立、謝旭昇、周忍星、靈歌、鬡良、王羅蜜多及其妻、葉子鳥。版主們的聚會與聯繫，有助於詩論壇的運作。同年十二月聚於臺南由王羅蜜多招待。

二〇一四年三月由白靈老師發起「『吹鼓吹』詩創作雅集 掀起新詩寫作熱潮」，廣邀版主及詩友以寫詩、讀詩、評詩之形式進行小型詩雅集行動，特色是詩作以匿名方式，邀一主講者講評，眾多詩友儘管直言無諱，卸除表面的禮貌性，直指詩的弊病。分成北中南三地，分別由白靈、解昆樺、陳政彥任召集人。二〇一六年後北中南召集人更異，分別為葉子鳥、靈歌、蘇家立為歷任北部召集人，中部李桂媚、周忍星，南部王羅蜜多、曼殊等，至今依然進行中。「吹鼓吹詩雅集」初始，也引起一番詩討論的熱潮，不同於網路的交流，面對

1　蘇紹連編：《世紀吹鼓吹：網路世代詩人選》（臺北市：爾雅出版社，2012年9月）。

2　以上部分參考「吹鼓吹詩論壇」網站，蘇老師所寫的歷史資料。「台灣詩學·吹鼓吹詩論壇」，網址：http://www.taiwanpoetry.com/phpbb3/index.php。

面的唇槍舌戰，北中南邀請的主講者都是當代知名學者或詩人，北部有雲朵、李進文、吳俞萱、姚時晴等，增加了多面向的觀點。

二〇一五年八月二十二日，在齊東詩舍的「詩集合」活動，宣傳與販售《臺灣詩學學刊》及《吹鼓吹詩刊》活動，蘇紹連老師當日於館內演講——二十年來紙本到網路的編輯視野。

二〇一五年十月三日（星期六）「臺灣詩學暨吹鼓吹詩論壇」獲邀於臺中文學館，舉辦了「2015詩腸鼓吹——詩聲與詩身」的詩朗誦，由葉子鳥策畫、李桂媚設計摺頁、千朔設計海報。出席的師長有蕭蕭老師、蘇紹連老師、臺中文化局長路寒袖先生等，演唱者有孫圓圓、張心柔，協力者：千朔，朗誦者：周忍星、寧靜海、陳昊星、謝宇騰、王建宇、嚴毅昇、季閒、雪赫、靈歌、葉子鳥、林焜勛、游鍫良、王羅蜜多，並且與蘇老師秋聚。當天演出獲得相當好評，這一次的籌備極為匆忙，僅短短約兩個月期間，也為後來幾次的詩朗讀活動奠下基礎。

二〇一六年六月十一日（星期六）再度獲邀至臺中文學館的研習講堂，舉辦了「讀畫詩——詩與畫的交響曲」的詩朗讀活動，此次由蕭蕭老師、蘇紹連老師、李桂媚、葉子鳥策畫及邀約詩人，美編李桂媚，葉子鳥任主持人，與會朗讀的是知名詩人陳克華、林煥彰、王羅蜜多、岩上、王宗仁、渡也、紀小樣、李長青、林德俊、葉莎、愛羅、潘家欣（未出席，葉子鳥代讀），這些詩人大部分都以自己或名家的畫作、攝影或雕塑等，用自己的詩與之對話。文化局編審林沉默致詞幽默的說：「要不要調查一下古蹟內容積人數？古蹟內能載人量是有限的，要不要開罰單啊。」[3]因為來賓者眾，是林編審看過最多人的一次。

3　擷自林焜勛撰：〈「讀畫詩——詩與畫的交響曲」活動紀錄〉，台灣詩學季刊雜誌社：《吹鼓吹詩論壇26》（臺北市：秀威資訊科技公司，2016年9月），頁169。

　　二○一七年六月二十五日更擴大與野薑花詩社攜手合作「詩的方城市──聯合詩展：詩的夏日饗宴／讀劇演出：詩戲・戲詩」在臺中文學館舉行讀劇演出──「詩戲・戲詩」，結合部分戲劇的詩朗讀，分成「吹鼓吹組別」及「野薑花組別」，由曼殊及葉子鳥主持，在古蹟限制的條件下，發揮劇場的功能實屬不易，但是大家都極盡最大的創意，把詩與劇結合，讓詩立體化。除了演出，另有兩詩社同仁及吹鼓吹詩論壇版主詩作、詩刊、詩集的展覽，展期為六月二十五日至七月三十日在常設二館、研習講堂大牆，可說是詩社結合的完美力量。後來更將詩展巡迴，分別為：

二○一七年九月十一日至十月十一日，北門高中圖書館。
二○一七年十一月一日至二○一八年一月二十八日，臺北大學人文大樓七樓亞太藝文走廊。
二○一八年三月五至十六日，臺北教育大學篤行樓。
二○一八年五月二至三十日，彰化市立圖書館（彰化文學館）。

這些繁瑣的事務都是曼殊與李桂媚接洽統籌下寄送或連繫布展，在詩社間的合作與人力匱乏下排除萬難達成，在此深表敬意與謝意。另每次於臺中舉辦活動，周忍星因地利之便，常常奔前奔後幫忙張羅，勞心勞力，是詩論壇在臺中不可或缺的主力。

　　二○一七年十二月三十日至二○一八年一月十四日止，為慶祝「臺灣詩學季刊社」二十五週年慶，在紀州庵文學森林舉辦「璀璨25（1992-2017）──無框時代・世紀之跨域詩展」，分成：

（一）展　覽：每日展出同仁截句、百期雜誌封面、叢書、照片大事記等。

（二）開幕式：發表二十五本同仁新書、四本吹鼓吹詩叢、並頒發
　　　臺灣詩學研究獎。

（三）詩演會：戲劇／音樂／影像／表演／魔術的多元跨域展演。

　　這些是由蕭蕭老師、白靈老師、靈歌、葉莎、葉子鳥共同討論策畫，展覽部分由靈歌、葉莎著力軟硬體，詩演會由白靈、葉子鳥總籌，節目橫跨多領域、各年齡層、各界好友共襄盛舉，是詩壇當年盛事。

　　「吹鼓吹詩論壇」的版主，有一部分是「臺灣詩學季刊社」的同仁（2013年「臺灣詩學季刊社」計畫開放版主成為詩社同仁，分成「學刊同仁」與「吹鼓吹詩論壇」同仁），有一部分雖然不是，但非常感謝大家依然義務性幫忙詩論壇網站的回帖與管理，尤其以曾任總版主的雪硯先生，為詩論壇的版主事務立下很多條例及規則，樹立了一些標準，讓詩論壇的版主在交接的執行上有所依據。雪硯總版當初也寫下諸多詩評，膾炙詩壇，為「吹鼓吹詩論壇」注入許多有質感的論述。另一位冰夕分行詩總版主，也一直默默服務多年，至今依然不輟。再來是大陸詩友清歡任〈組詩・長詩〉版主多年，在大陸詩友任版主去留間，至今是最久的一位。

　　目前「吹鼓吹詩論壇」比較活絡的版面是「論壇詩作主要發表區」：分行詩第一版：〈中短詩〉、分行詩第二版：〈俳句・小詩〉、〈組詩・長詩〉及〈散文詩〉、〈大學詩園〉創作主力群，〈少年詩園〉明日之星。自二〇一〇年起蘇紹連老師「為因應facebook的強力效應，除了設有《臺灣詩學》專頁外，並設立《facebook詩論壇》本社團，由臉書朋友加入，一齊發表詩文、談詩論藝，相互交流。」[4]其實一開始臉書的社團功能還是很薄弱，發表主力都還聚集在「吹鼓吹詩論

4　「facebook詩論壇」簡介，網址：https://www.facebook.com/groups/supoem/。

壇」，後來於「二〇一七年一月十二日起，將《facebook詩論壇》列為本社在臉書推動徵稿的平臺之一，與原《吹鼓吹詩論壇》並行運作，另《學刊》及《論壇》雙刊物，仍依編輯部的運作，接受e-mail投稿。」[5]但實則整個網路趨勢都轉移到臉書的社群平臺，詩社的競賽、徵稿活動也都在臉書活動，「吹鼓吹詩論壇」的貼文明顯下降，一方面由於它是屬於phpBB論壇網站，需註冊會員方可加入平臺；另一方面也是社群媒體的時代性變遷，除了臉書，還有Instagram、Telegram等，尤其是各個詩社也在此媒體便利下紛紛成立社團，貼文徵稿、選稿入詩刊，所以對詩感興趣的人有了各種更便捷的管道；有些詩社也辦詩獎徵稿、社員詩集出版、各個詩社也競相邀稿。有些詩人參加了一個以上的詩社，所以現在詩社在臉書世界成為詩的共和國，同中有異，分而治之，基本上詩人們都在這些社群流動。

　　管理phpBB的詩論壇網站面對的困境，是找不到網站的專業工程師，一遇到這方面的問題就相當頭疼，二〇一八年因為網站轉移等技術問題，多虧陳徵蔚老師的學生幫忙，方可順利維護網站的所有資料。再來是有些版主值版不定或突然離開，雖然有管理機制，但因為並無任何契約，都是義務性質，只能好言相勸，軟硬兼施。目前值版的版主〈中短詩〉有：沐沐、袁丞修、冰夕、寧靜海、季閒、葉子鳥、邱逸華、林宇軒、涂沛宗、蘇家立、哲佑、郭至卿、魯爾德、言安倫、破弦；〈俳句‧小詩〉有：黃里（於2020年9月中旬卸職）、曼殊、麥聿、檽曦、靈歌，新增成員為紅紅、夏慕尼；〈組詩‧長詩〉：清歡；〈大學詩園〉：翼天；〈少年詩園〉：袁丞修、施傑原；〈散文詩〉：王羅蜜多。歷屆值版的版主有的因私務必須離開，有的因有其一片天，在社群媒體開闊的世界展翅高飛。對於目前尚願意在此論壇

5　「facebook詩論壇」簡介，網址：https://www.facebook.com/groups/supoem/。

服務的成員，實屬不易，心懷感激之情。

　　「吹鼓吹詩論壇」雖然貼文沒有往日熱絡，但一直保持比臉書更細緻的互動。我自二○○四年註冊成會員，一路成為版主、副站長、站長，在二○一七年轉而進入學院讀書由於課業繁重與詩稍事疏離，但也觀察到整個網路生態的文化現象，不再是一言堂，為某詩社或某網站獨尊，是一個大家競相自我展現的臉書社交舞臺，並且結合詩網路平臺的力量，群英並起，尤其是九○後的年輕人在IG自成一個網絡。回顧這些流金歲月，蘇紹連老師曾撰：「它（吹鼓吹詩論壇）會形成一個詩創作的歷史資料庫，所有歷年發表的作品自動會標示時間，將來從中可以找到某些成名詩人的少作，見證某些詩人的成長，更見證網路詩風格的形成及轉變。」[6]

　　《遠見雜誌》曾刊登〈臺灣現代詩迎來「文藝復興」時代〉，[7]廖偉棠卻說：「『文藝復興』的背後　是詩的馴化」，[8]這些都引起網路熱烈的辯證。是的，詩的風格一直在變，社群之間也自成部落。史坦利・費許（Stanley Fish）認為文學是有一個社群的，並且說：「文學的認定，並不是取決於文本的內容，也不是根據任何獨立恣意的意志；而是出自一個集體的決定，只要讀者或信仰者的社群仍然遵守，此一決定就有其效力。」[9]另，東尼・班尼特（Tony Bennett）和珍娜特・伍來寇特（Jennrant Willett）所說的，「閱讀形構」（reading

---

6　林于弘、楊宗翰、李瑞騰編著：《與歷史競走：臺灣詩學季刊社25週年資料彙編》（臺北市：秀威資訊科技公司，2018年1月），頁37。

7　蕭歆諺：〈臺灣現代詩迎來「文藝復興」時代〉，「時事熱點」，遠見天下文化出版公司，網址：https://www.gvm.com.tw/article/44592，發表日期：2018年6月6日。

8　廖偉棠：〈「文藝復興」的背後　是詩的馴化〉，《上報》，網址：https://www.upmedia.mg/news_info.php?SerialNo=42352，發表日期：2018年6月9日。

9　約翰・史都瑞（John Storey）著，張君玫譯：《文化消費與日常生活》（新北市：巨流圖書公司，2001年1月），頁92。

formation）〔閱讀經驗的構成元素〕：閱讀是在特定的社會與意識形態關係下的產物，主要包含了以下的機器（apparatuses）──學校、媒體、批判評論、同好雜誌等──在這些機構之內與各個機器之間，監督閱讀的社會支配形式，不斷被建構與爭論。[10]

作為文類之一的「詩」，這些徵象尤其明顯。海德格認為「語言召喚事物」，這座詩意的巴別塔，正循著上帝的旨意，形成各部落的語言，歧義之美裡的沸騰。

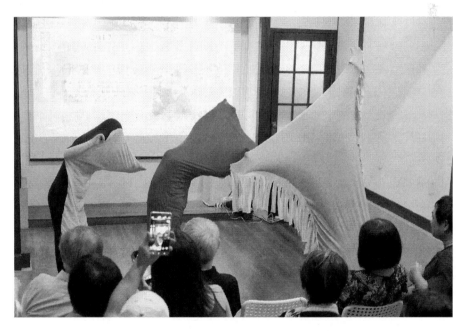

臺中文學館詩的方城市活動，布演現代詩

---

10 約翰・史都瑞（John Storey）著，張君玫譯：《文化消費與日常生活》，頁95。

詩人葉子鳥現場揮毫，透過會消逝的字跡，呼應詩作內容

詩論壇，非寫不可

——吹鼓吹詩論壇臉書版「facebook詩論壇」之觀察

寧靜海

吹鼓吹詩論壇臉書版版主

前言

　　有幸自蘇紹連老師手中接管吹鼓吹詩論壇臉書版「facebook詩論壇」，秉持蘇老師在臉頁創版初衷，堅守「facebook詩論壇」為現代詩作與詩學評論賞析投稿平臺的原則。

　　正因為「facebook詩論壇」是為「投稿」而專門設置的，就詩論詩才能以詩為本，而加入論壇的詩友們在熟悉論壇後規則後除了能自主自律，還能即時友善提醒貼文者未遵循投稿規則之處，讓我省心不少，亦樂見支持者與我一起守護詩論壇。

一　社團規章明確性

（一）投稿平臺純粹

　　「facebook詩論壇」投稿規則中已明定為現代詩作「投稿」的園地，是評論和賞析的詩學平臺，須為未在紙媒發表的現代詩（一稿不

兩投），要求作者必須親自以文字投稿，不接受轉貼他人作品（含圖片），或代替他人投稿，更不接受已發表過的詩作「分享」，此與其他同類型詩社團截然不同。

（二）投稿類型多元

「facebook詩論壇」為長期徵稿平臺，無論是學刊或詩刊或詩論壇，詩作或詩學評論賞析的文章，均提供不設主題、不設時間、不限長短、不限字數的自由投稿，亦有設定格式或指定主題（詩刊專輯），具時效性的徵稿限期活動。

二　截句詩寫掀風潮

從主題不設限制的分行詩，到白靈老師不遺餘力推廣的一至四行「截句」詩寫，開始有了微妙的化學變化。二〇一七年春天，白靈老師在「facebook詩論壇」臉書平臺發起主題式的「截句」限時競寫詩活動，連續三年共計推出九個回合，鼓勵創作，帶動詩寫。截句詩行數少，果然吸引國內和海外無論是已筆耕的詩寫手，或對現代詩一知半解的，甚至未曾接觸過詩的人都勇敢「站出來」參與，從「被動」閱讀到「主動」嘗試詩寫。就這樣一首首的截句詩紛杳而至，為「facebook詩論壇」平臺掀起一波波寫詩熱潮，更有人因此被激發寫詩的潛力，而今除了一般詩作，截句詩作仍有人投稿不墜，延續詩寫精神。

三　詩作詩友面面觀

詩有類型之別，讀詩或寫詩的人也是形形色色。隨著一次次「截

句」詩競寫的推廣，幾經各自呼朋引伴，加入「facebook詩論壇」的詩友人數與詩的發表數量在後短時間內飛快成長起來，互相留言交流，雅和詩寫，熱絡不已。

（一）潛水型：這類詩友通常只讀詩不寫詩，會針對追蹤的貼文者按讚，但絕不發一字，另有隨機閱讀留個表情圖示意已讀或鼓勵。

（二）半潛水型：詩作發表後從不與人互動，也不讀其他詩友發表的詩，即便有人留言論詩也不作任何回應。

（三）防衛型：詩作發表後收到「建議性」的留言，立刻「武裝」起來，堅持詩私一字不改，「捍衛」自己的詩。

（四）行動力型：發乎情，止乎禮。留言回應讀後感想，此類通常是有固定追蹤對象，且經常交流互動，時而嚴肅謹慎的就詩論詩，時而無傷大雅的互相調侃，律己律人，自娛娛人，以詩結緣，有詩無礙。

（五）詩雅和型：一首詩發表出來最期待的被閱讀，最欣喜的是獲得共鳴，不論是讀詩後的賞析釋論，更美妙的是以詩雅和詩的「讀後感」，甚至更進一步再觸動其他詩友，發想出一首接續一首，源源不絕以詩雅和的「串聯」或「接龍」之雅作，能夠如此迅速串接，歸功於一至四行的截句詩，足以在短時間內完成雅和之作，默契傳導，成為「facebook詩論壇」最優質的人文風景。（詩作附錄於後）

四 結語

在「facebook詩論壇」裡最堅持的精彩是詩作，最生動的交流是留言，最美麗的風景是寫詩的人。承蒙來自四面八方的詩友們書寫不懈，持續以「詩」相挺，投稿至詩論壇臉書版。感謝蘇紹連老師在臉書建立「facebook詩論壇」投稿平臺，感謝白靈老師逐年發起詩寫競

賽，鼓勵人人詩創作，日後論壇仍將秉持初心為每一位愛詩人嚴謹把
關，繼續為讀好詩、選好詩服務，讓讀詩和寫詩成為彼此的生活日常。

五 附錄（「截句」詩雅和作者群，依書寫發表時間順序）

〈如不留言〉　　　邱逸華

分手了，指尖卻慣性按下快速鍵
斷藕還有絲，光纖延伸
「您的電話將轉接到語音信箱」
愛情早已失聲，請掛斷

〈您撥的愛情本是空號〉　　　無　花

已經接通
按下上一次被掏空的密碼
恭喜。再度通關
悲傷的指紋愛過弧線唇印的吻痕

〈您撥的電話未開機〉　　　紅　紅

分針上上下下
偷走我的早上六點半

天亮了
你又打贏一場勝戰

〈不接聽〉　　　漫　漁

手機又響了，顯示來電者：
「接了會後悔」

愛情的通訊錄上將彼此刪除

〈這個號碼已改號〉　　　寧靜海

從未習慣你已不在
只是思念找不到門號

我的房間裡
雨　又下了一整晚

〈未顯示來電〉　　　chamonix lin

閉上眼，卻聽到稀微的鈴聲
GPS訊號未受影響
再次不請自來
響起我關機的心

〈耳鳴又犯〉　　　語　凡

手機又如鬧鐘在耳鳴
那是你從來世撥至的
「來電未接」
我困頓在今生的長相廝守裡

〈視訊〉　　　宇正 Yuz Tiu

終於在網裡尋獲魚蹤
撥通了我斷斷續續的心

「哈嘍，你聽得見嗎？」
我的所有思念，無聲無影。

〈迴聲〉　　　澤　榆

後來買了個號碼，設你名字
往後每次撥打都有人接聽
說的每句都有同樣回應

房　接通後　特別空

〈忙線中請稍候〉　　　玉　香

久候的愛情
等到都天荒地老了
怎麼還是
無法，插撥

〈一直跳號〉　　　謝祥昇

紅紅的眼，花了
華而不實的號碼開始變冷

魚顫抖著雙鰭，不斷
在海裡撥著

〈電話牆〉　　　李宜之

嗯是哦噢
標點著你我的距離

恍惚間夢醒
你還在自言自語

〈您撥的電話無回應〉　　　　胡淑娟

愛情到最後
退化成一根麻木的指頭
重複撥出去的訊號
已受到不良干擾

吹鼓吹詩雅集在臺南舉辦，老將新秀齊聚論詩

謝謝你們的成全

──編輯部許願池回憶錄

李桂媚

《吹鼓吹詩論壇》詩刊主編

很多人說,編輯是成全別人的角色,為作家提供舞臺,編輯部是許願池,要接收五花八門的請託……但在編輯部這幾年,身為許願池小精靈之一的我,深深感受到,因為有詩友們的成全,成全編輯的邀約,成全編輯的緊急企劃,詩刊才能趕在定稿日前完稿。

編輯部許願池,挑戰不可能任務

還記得,約莫是二〇一四年夏天,陳政彥剛接棒《吹鼓吹詩論壇》主編,他傳了一則訊息跟我邀約詩稿,過去我通常只會收到論文邀約,這可是第一次有編輯向我邀詩,因此無論如何,我都想辦法寫出一首詩給他。沒想到稿件寄出後,政彥主編很慎重地回了一封信給我,除了感謝投稿,還說了「希望日後時常能看到桂媚的詩稿與論稿,也可以讓更多人知道桂媚的才情」等溢美之詞,這份情誼我一直心存感激。

正因為這段邀稿往事,開啟了我在《吹鼓吹詩論壇》編輯部的因

緣，還記得第一次參與編務的二十二號「詩的視覺專輯」，我們嘗試結合影音、攝影、繪畫等元素，呈現詩的跨界整合，當時由「忘年知音」樂團的孫戀文譜曲演唱蕭蕭、蘇紹連、嚴忠政等詩人作品，原本苦無人手協助影片製作，所幸有超導相助，如願完成影音製作，讀者只要掃描詩刊內文所附的QR-code，就能欣賞現代詩、民歌與藝術影像的結合。

《吹鼓吹詩論壇》二十六號以「遊戲詩」為題，編輯部自然是發揮玩家的本領，封面有詩人畫家王羅蜜多助陣，詩刊扉頁我們將王羅蜜多的畫作局部處理，變成可供讀者著色的著色畫，刊物奇數頁角落更藏著翻頁畫，不管頁數正著翻、倒著翻，在快速翻頁中都能看見狗狗吹泡泡的可愛畫面。此外，二十八號「懺情詩」、三十號「許願池」、三十二號「運動詩」、三十三號「原鄉／異鄉」、三十四號「推理詩」的扉頁，也繪製有稿紙、繪馬，讓讀者寫下詩行或心願，有些期數設計了迷宮、哪裡不一樣等小遊戲，增添與讀者的互動性。

許願清單，五花八門

誠如《吹鼓吹詩論壇》徵稿方針所指出的：「我們期待表演、我們期待對話、我們期待遊戲、我們期待創造」，因此不只是發行紙本詩刊與吹鼓吹詩人叢書，尚有鼓勵詩創作的「臺灣詩學・吹鼓吹詩論壇」網站、「facebook詩論壇」臉書社團等發表園地，我們亦舉辦詩獎、吹鼓吹詩雅集、詩展演、研討會等多元活動，一方面提供詩藝交鋒的舞臺，另一方面，將詩化為行動，推廣到更多地方。

二〇一四年開始的吹鼓吹詩雅集，至今依然持續進行，北部詩雅集目前由蘇家立主持，南部詩雅集則由王羅蜜多、曼殊共同推動。猶記得，二〇一六年我接棒「吹鼓吹詩雅集・南部場」時，一路有王羅

蜜多、王厚森大力協助，詩友們齊聚臺南「豆儿DOR ART ROOM」，我們以「詩房四寶」為號召，希望參與者共度論詩時光後，都能獲得「詩人指點，詩藝大增」、「詩觀交鋒，靈感不絕」、「詩友相識，情誼長流」、「詩意午後，雋永回憶」四寶。二〇一七年舉辦「吹鼓吹詩雅集・中部場」，則有神仙眷侶林德俊（兔牙小熊）、韋瑋來助陣，「熊與貓話詩」在霧峰熊與貓咖啡書房登場，詩友可以選擇當評論的熊，或是觀察的貓，一同見證詩的魅力。

最難忘的，當屬我負責策畫的「在現實的裂縫萌芽：岩上學術研討會」，二〇一八年九月一日在南投文化局圖書館舉辦的這場盛會，我設定以戰後第四代（1975-1985年出生）青年詩評家為主力，邀集了徐培晃、葉衽榤、陳瀅州、謝三進、陳鴻逸等，當天不克出席的陳政彥也透過詩影片向詩人岩上致敬，感謝這群創作與詩評論雙棲的新秀，共同爬梳岩上的文學成就。

詩與靈光的蝴蝶效應

我常跟朋友開玩笑說，文字與文字會生小孩，稿子不小心就越寫越多，這樣的蝴蝶效應當然也發生在編輯部！美國歌手巴布狄倫獲頒諾貝爾文學獎，讓詩與歌的關係再次引發討論，《吹鼓吹詩論壇》二十九號蘇紹連老師企劃了「歌詞創作專輯」，委我訪談吳晟、吳志寧「父子走唱團」。接獲訪談任務後，我第一件做的事就是Google，因為吳晟老師二〇一七年剛出版《種樹的詩人》，我推論可能會有新書分享活動，這樣就可以聽演講、簽書、訪談，三個願望一次滿足，沒想到，我上網查到的不是新書發表會訊息，而是看見「第二十一屆臺灣文學家牛津獎暨吳晟文學學術研討會徵稿啟事」。在寫完訪談稿〈課本作家與流行歌手的跨世代觀點：吳晟、吳志寧父子檔談詩歌〉

後，我一直覺得還有很多析論空間，促使我撰寫〈論吳晟詩歌專輯的詩歌交響〉，並如願到研討會發表。

另一個詩與靈光的蝴蝶效應則是「詩人本事」專欄，二〇一九年三月，我在《吹鼓吹詩論壇》三十六號發表〈總有一片月光引路——陳胤的文學行動〉，意外引發許多迴響，在政彥主編強力鼓吹之下，我從三十七號開始執筆「詩人本事」專欄，延續我第一本書《詩人本事》的特色，兼論作家文學歷程與作品，透過文字引領大家去認識不同世代、不同風格的詩人及其創作，就這樣一篇寫過一篇，一年半來，依序書寫了孟樊、吳晟、向陽、洪淑苓、林柏維，四十二號專欄完結篇論述我最崇拜的詩人向陽，專欄雖然暫時告一段落，但對詩人的關注始終沒有停止過，立志有朝一日要寫一本向陽專書。

某些時刻，主編也可以許願

加入編輯部這些年來，主編政彥與我每每不忘在逢年過節之際，一邊傳送佳節愉快的祝福，一邊提醒大家投稿，最感謝的是莫渝老師與林柏維老師，不管我們出什麼樣的題目，兩位老師必定接招、必定賜稿；還有什麼論文都能寫的「文學羽球手」陳鴻逸，向來是詩刊主題專論的臺柱，只要師妹我開口說：「新一期的詩刊主題是□□□□，想麻煩師兄幫忙寫論……」鴻逸一定使命必達，絕對不會讓編輯部失望；精選論壇作品的編委黃里、寧靜海、葉子鳥，協助發行事務的靈歌，無償提供封面畫作的王羅蜜多、然靈等詩友，也都是編輯部的好夥伴，長期給予編務支持。

詩刊見證現代詩活力四射的同時，仍不免要感傷前行代詩人的殞逝，從三十六號「世界博覽會專輯」開始，陸續做了許多緊急企劃，送別林瑞明、柯慶明、顧德莎、羊子喬、卡夫、馬悅然、尉天驄、楊

牧、郭漢辰、鍾肇政、趙天儀等先行離去的文壇前輩，感謝各方詩友的情義相挺，共同完成紀念小輯，讓我相當感動的是，當我一一邀稿時，不少人都是第一時間回覆：「沒問題！我會寫。」有些詩友雖然婉拒稿約，但總會指引我一條明路：「我對他不太熟，可能無法寫，你可以找□□□，聯絡方式是……」。

　　謝謝你們的成全，讓我們一起迎向詩的新時代，別忘了！每年三、六、九、十二月的十五日是《吹鼓吹詩論壇》截稿日喔！

臺灣詩學二十八週年年會合影

李瑞騰社長(左)頒獎給臺灣詩學創作獎首獎得主

一個孕育寂靜的歸宿

——我與吹鼓吹詩論壇的三二事

蘇家立

吹鼓吹詩論壇長詩版版主

　　論及回憶是件奢侈的事，不論何時我都會如此篤定地頷首，然後做出相同的選擇，儘管做出選擇本身是個選擇。在與天地相較，截至如今為數不長的短暫人生，我沒啥好誇耀的長度，在工作崗位上表現平庸，嚴格評估下可以歸類於「失敗者」的區塊，但仍保有些微令人咋舌的骨氣，以及對某些事物無法輕易退讓的堅持，而這某些事物的集合便是詩——可以化為文字躍於白帛——又幻化為繆思的體現者，泅泳於腦海中，如果人生缺少了詩，不敢想像日子會如何枯燥，譬如烈日下孤單的冰棒棍，或偏鄉公車站牌下的一株野草。提筆寫詩十多年來，見識多少人情冷暖，使用的媒介大多是網際網路，經由網路來來去去，覓尋巢穴棲所自是不在話下，而我與吹鼓吹詩論壇的結緣，可能要溯及大學畢業沒多久，正是被工作壓力纏身，鎮日惶惶不安的時期。

　　登錄至吹鼓吹詩論壇，這來由可謂複雜萬千，堪比順著毛線球的一端慢慢地收，捲到盡頭不是米洛陶諾斯而是一座細緻的迷宮。九〇年代後，網路興盛，文學不再受限於紙本平媒，在許多熱愛文學的人

的努力下，各地樹立了不少讓文友可以討論的文學網，起初僅僅是留言板的型式，逐漸演變成多區塊可單一主題回覆的模樣。彼時，我才不過是大三的師範學院學生（如今已改制為教育大學），因參加學校詩社，認識不少詩人，透過他們介紹，在某些文學網中磨練筆力，最後才輾轉進入了吹鼓吹詩論壇，一展花拳繡腿。

彼時，常把現代詩寫成分行散文，我不知被同儕奚落了多少遍。在吹鼓吹詩論壇則沒有這樣的苛刻，回應我詩作的前輩們，會根據文本，提出在結構完整、文字流暢度或使用意象上的一些問題，幾次修改下來，漸漸的也明白「寫現代詩」大概要像什麼樣子，比方說敘事的完整、不要讓使用的意象無意義化、莫堆疊副詞、形容詞等，就這樣一點一滴累積，慢慢地在書寫現代詩有了微小的進步，拿到了一些由文學網主辦的小獎項，透過寫詩，我的生活不再單一乏味。

與現代詩關係更加緊密，可從吹鼓吹詩論壇舉辦的第一屆散文詩獎說起。為了有效推廣現代詩，增加平臺的曝光率自是在所難免，但習於筆耕的詩人大多並不擅長宣傳，幸虧網際網路的日漸發達，僅僅需要透過學習架設網站、編排網路版面，提升讀者閱覽時所能感受到的美感，便可取代往昔於外奔波所費的時間。而其中一個方式就是舉辦徵詩活動：以詩為主要文體，思考不同的表現形式、主題，讓現代詩能融入日常生活，不再顯得艱僻，令人心生畏懼。而這也是我與吹鼓吹詩論壇加深羈絆的關鍵：鼓勵創作者持續不懈的獲獎榮譽與小額的比賽獎金。

隨著徵詩活動而高懸的小額獎金，宛如一顆置於保險箱的寶石，需要自力打造鑰匙方能攫取，那鑰匙便是來自四方的創作者嘔心瀝血完成的詩作，當時參與的創作者必須在嚴定的時間內匿名將詩作上傳，接著則是經過綿密的審核，而我有幸能獲得評審們青睞，贏來優選。如果沒有這個契機，我也不會深入吹鼓吹詩論壇，更不會擔任版

主。可惜的是，我的獎牌鏤刻的詩作名稱與另一位得獎人的互換，雖是無心的小差錯，卻在心底投下一顆明礬，督促我未來更加努力創作，才能再得到新的獎牌。

詩人夢易做而難以實現，有些苦楚心酸，在成為吹鼓吹詩論壇的版主後才能知曉：不僅僅要排班輪值，還要事必躬親，才明白大量讀詩未必是件愉快的事，易位思考，也許當年前輩們讀我的詩亦是如此？此時讀詩化為沉重的責任，而不再是排憂解悶或自娛。那些日子似乎渺茫難尋，有時像一瞬間消逝於眼前的浮光，僅僅在眼眶深處留下絢爛的殘影；有時又彷彿隨著徐風飄流的鐘聲，迴盪於敲擊鍵盤的十指間，與來訪詩友的熱烈討論，就由此拉出了一條細緻而綿長的絮線，將語言、想像及人情味輕輕地、不帶壓力地圈在一塊。

初出茅廬，挾著青年人看似銳不可當實則是賣弄愚魯的氣焰，沒受過正統學院訓練的我，只是憑著一股感覺，自以為真的能夠對其餘創作者提供些有用的資訊，所給的倘若不是「這兒讓人很有感覺」就是「句與句之間的連結要強烈一些」這般空泛、令人捉不著頭緒，不過是一坏龜裂的泥土，只消雙手用力便會化為粉塵隨風飄逝──不過就是這樣的程度。幸好，論壇中的前輩、師長和胸懷慈悲的文友們，回覆時總以柔和的字眼巧妙地遮掩我暴露於外的芒刺，直至今日仍唏噓不已。遺憾的是，意志不堅的我，在無強烈誘因的驅使下，很快就對版主這個職務失去了熱情，對那些能堅守崗位到最後一刻，對每篇詩作皆能敲下鏗鏘有力的金磚，不捨晝夜的版主們，打從心底我敬重著。

其次，來談談對吹鼓吹詩論壇的期許。

在資訊量爆炸的當前社會，新詩走向多元化發展且能跨領域與其他藝術結合，吹鼓吹詩論壇要如何能跳脫舊網路時代的網頁呈現方式，在此有幾點小小建議：

一　舊有版面增加評分機制

　　以往單純的作者發表一篇詩作，版主或其他詩友回覆的互動模式，能否演變為良性的相互成長，端看版主的專業術養、積極程度與熱情，以及原作的善納建言、虛心求教，倘若遇到像我這般三天捕魚，三十年曬網的版主，原作者可能就得不到應有的回應。若是能增加評分機制，作者對於版主能客觀、不以一己好惡評比，並說明如此評分的理由，套用在每一則貼詩，每一位版主身上。整個月加減下來，若是負面評價多於正面，累積多次之後，總版主就有權力拔除該名版主的職務。當然，各版版主亦可評分來貼文的詩友，但對詩友就必須採取獎掖的態度，除了原本的詩作置頂，應給予實物鼓勵，如當年流行的某本詩集。人很奇妙的，不注入活水或是佯作鞭策，容易停滯不前，多一些無傷大雅、刺激一些的考驗，往往會激發人的潛能。

二　開闢線上直播

　　二十一世紀格外注重感官，網路直播成為年輕世代盤桓流連的娛樂之一，書寫相較於遍地載歌載舞、高聲議論的表演，聲勢可謂望塵莫及，因此，關於詩的推廣及創作，吹鼓吹詩論壇可以用更活潑的方式呈現。

　　比如固定時間線上朗讀成名大家詩作：五月份是洛夫月，週一朗讀《因為風的緣故》裡的詩句，週二朗讀長詩《漂木》，週三朗讀詩集《隱題詩》，週四朗讀《石室之死亡》，週五則請社內學者賞析其詩作。依此類推，便可以安排一整年的行程，六月可以是商禽月，七月是余光中月等等。但直播時也要考慮年輕受眾的意見，臉書粉絲專頁「每天為你讀一首詩」就是個很好的參考對象，吹鼓吹詩論壇可以根

據時代的變遷及當下的流行，直播朗讀不同世代、不同風格的詩人作品，增加觀覽的多元性。

再來，可以直播詩友及詩人們的讀詩會，讓線上觀眾一窺，詩人們是如何在唇槍舌戰中找尋共識，或是在一片祥和裡尋得安樓，但最重要的一點在於不卑不亢，無論何種直播，務必自然不假造作，莫淪為廉價的庸俗表演，降低詩的品質、詩人的氣度。

三　增加與其他出版社、詩社團的互動

據我所知，臺灣詩學與野薑花詩社有過不少合作，曾在臺中文學館策劃過兩社社員的詩展，以此為鑑，吹鼓吹詩論壇這個主打詩的高專業網路平臺，可以與其他文學網站攜手，共同徵稿或舉辦詩擂臺等等活動，提升網路曝光率。共同徵稿簡而言之，就是兩站討論出合宜的題目，各自提供徵稿獎金，爾後如同文學獎一般，兩站派出專業評審講評得獎的詩作，由於各人的詩觀美學有所歧異，便能增添不少可看性；至於詩擂臺，則是兩站分別派出優秀的創作者，針對各種詩的論述及即興創作，在限定時間內大對決，而這過程可進行直播，在不失專業度的前提下，可為愛好文學的觀眾帶來莫大娛樂。

詩並非只是單純的闡述胸臆的媒介，若是能發展為令觀者欣悅的娛樂，也就能擺脫束諸於高閣，純有藝術之美名而無助於凋敗的既成事實。

四　強化論壇版面，由專人悉心維護

貪小便宜是人的惡癖，可由諸多日常瑣事瞥見：一聽到「免費」便興奮異常，無論免費的事物品質優劣，更糟的是由免費這概念去衡

量優劣者間的差異，使得評論失去參考；這點放在各種優質演講也是如此，不收費的活動讓活動失去高度，參與者變得愛來不來，抱持「我出席是種恩賜」的態度，造成多少演講者灰心失志，令有心者反而享受不了知識帶來的喜悅。同樣的，網路論壇基於免費，人人都能自由登出登入的前提下，使用者的素質便很難管控，要改變此困境仍有一段漫長的路，在此按下。我要建言的是，先讓吹鼓吹詩論壇的版面變得賞心悅目：使用者能夠先有視覺的饗宴，藉著視覺的刺激，才能提升使用者回流的機率。而要達成這目標，就必須要有專業的人才美化網站，僅憑著一股熱情終究會燈滅油盡。那麼，網管的薪資從何而來？自然是吹鼓吹詩論壇或臺灣詩學的會員所繳納的社費，從中撥出一些用於人事及網站維護，或許可以讓網站越來越好，畢竟這世代大多年輕人仰賴網路過活，吹鼓吹詩論壇若未隨著時代不斷蛻變，很有可能會被淘汰，因為可取代詩的娛樂實在是太多，難以細數。

　　甘冒大不韙，我本身虛掛吹鼓吹詩論壇長詩版版主頭銜，卻長期倦勤，第一是我本身混帳慵懶，第二是網站本身讓人感覺很無聊，除了回應詩沒其他事（功能）好做，再來則是版面看膩了，一看就想睡覺，怎想管理版務，何況其他讀者？最後則是版主無給薪，不管多有熱情，終究會因為各種因素燃燒殆盡（舉凡工作、經濟壓力等）而無法堅持造成人才斷層。這點可以再議，個人認為先要從網站整體的閱覽開始革新。

　　以上幾點，是身為吹鼓吹詩論壇會員的我所能想出的一些改進要點，或許聽來有些天馬行空，過分理想主義，實行度不高。但要進步就先要跨出舒適圈，邁出顛躓的一步，透過各種活動招攬論壇人氣，並以回饋獎勵制度留住訪客，多接觸年輕世代，吸納他們對詩的見解，慎思他們為何能大量購買詩集卻對詩論壇或活動興味索然。適時與時代妥協，走下詩的高階，讓詩論壇變成可玩可看的樂園，而不是

一座杳無人蹤的博物館，東西雖好但爬著灰塵。

　　曾經，我因吹鼓吹詩論壇而有了情緒的出口與對詩的進取，甘美濃厚的回憶浮沉腦海更是不在話下。如今，以旁觀者去分析吹鼓吹，捨下對自家人的偏頗與成見，肺腑之言若能起了微毫作用，那麼作為一名詩的愛好者，夫復何求。又或者如我一介不起眼之塵埃，能為詩之高塔奠基，霎時，寂靜之花已默默開展，嵌入遠方旅人之瞳。

林德俊（左）與薆朵（右）對談詩、茶與咖啡

吹鼓吹詩論壇在台中文學館舉辦詩聲與詩身活動，現場座無虛席

叢書×詩刊×詩人

——一路漫說吹鼓吹

余境熹

香港詩人、詩評家

一 「伸縮自在的愛」[1]，還有「書籤之章」[2]

我對「吹鼓吹詩論壇」的印象，起先是來自「臺灣詩學吹鼓吹詩人叢書」。

二〇一二年我往臺北跨年倒數，路經臺北科大，順道拜會詩家白靈。白靈對我太慷慨，自結識以來，已經請過我遊湖、騎腳踏車、參加慶功晚宴等等，這次不單開車帶我嚐鮮，還教我往唐山書店購物。

眼見白靈挾十來本書去結帳，邊排隊邊跟我說其實怕再買，買了不知什麼時候才能看。那時我家也已有藏書三萬五六千之數，加上眼力有限，當然與白靈心心相印。

1　《獵人》（*HUNTER×HUNTER*）中幻影旅團前成員西索・莫羅（Hisoka Morow）的念能力，能夠把氣黏附在他人身上，以口香糖和橡膠的雙重特質限制後者行動；也可與另一能力「輕薄的假象」合用，重塑受創傷的身體。

2　幻影旅團團長庫洛洛・魯西魯（Chrollo Lucilfer）的念能力。庫洛洛把偷來的各種能力存放在書中，只要把書籤夾在想要使用的能力那一頁，即使把書蓋上，他仍能運用該能力。

　　但白靈之所以選唐山，原因大概是那兒有不少詩刊、詩集出售。我轉幾個圈，終停在放置「吹鼓吹詩人叢書」的貨架前。記得這是與「臺灣詩學」相聯的品牌，分外親切，於是少不了傾囊，帶走葉子鳥、黃羊川、莊仁傑、余小光、然靈等人的心血。

　　羊川《血比蜜甜》是「吹鼓吹詩人叢書」編號「01」之作，名列前茅，蓋有深意焉。整部詩集的創意氛圍高漲，奇招迭出，叫人目不暇接，可以說，黃羊川以一人之身，便顯映出網絡詩壇的萬千氣象。

　　（一）與藝術或非藝術的各種體式交叉，如〈拍照留念〉以中心句掀動多重奏效果，內容遞變，而旋律迴環，兼具音樂之美；〈流浪漢〉有明顯的圖像化處理，〈樂園荒蕪〉的「旅／轉／飛　舞」以斜體分行散排，近於繪畫，既能摹擬落葉，又對應老年人的「抖動／虛晃」；〈中斷／中段〉之自我指涉，彷彿臺灣後設小說，而〈電話答錄機〉則是與卡爾維諾（Italo Calvino）小小說相侔的獨幕詩劇；〈選擇題〉拋出試題形式，新穎之餘，亦更耐人尋味。

　　（二）調整文句標點，誘發讀者思索，如〈一夜長大〉留置空白橫線，〈島，過度回憶〉遺下天窗方格，皆是撕出罅隙，待人填充；〈自自助餐離開〉、〈同一片天空〉和〈同一片土地〉均有特長句式，在詩人是一氣呵成，在讀者則需咀嚼再三；〈不經濟學〉藉由字體縮小，讓讀者投入詩的情境，注意把聲音、動作放輕；細微處，藝術地利用標點符號，如〈聽我唱歌，我不是天使〉的句點、〈人形回憶〉的破折號及以下〈恐怖母親節〉的示範：

　　　　未滿三歲的小孩都拚命地咬住媽媽的乳頭
　　　　未滿十八的小孩都張開鼻孔貼緊女朋友的髮絲
　　　　未滿二十五的小孩都睜大眼撥弄影片裡護士的雙峰
　　　　未滿三十六的小孩都將頭埋進太太的雙腿間呼喊另一個小孩

　　　　未滿八十歲的女人一個人，而成群的小孩

　　　　嘻嘻哈哈地

　　　　吸舔逗弄流淚的冰淇淋或伸張五指抓癢豢養的狗貓

　　　　卻聽不見她說：

詩頭四行寫女性作為慾望對象而存在，但待到後三行，女子色衰，她們的聲音就不再被人聆聽。為使詩文結尾餘絮不斷，一般寫法是使用省略號。黃羊川卻創造性地改擇冒號，除呼應年長女子之「被消音」外，也像微型小說的急速反轉，戛然而止，留下巨大的空白，更有力地促使讀者沉思。

　　然靈《解散練習》是編號「05」的「吹鼓吹詩人叢書」，封面標示為「臺灣第一本女性散文詩集」。楊宗翰近日評審「人間魚詩社」的年度金像獎，提到展讀打動人心的好詩時，一度「全身震動，幾乎都要坐不住了」，這亦是我遇見然靈詩時的真切感受。她的〈傘〉寫道：

　　　　故鄉下雨了，母親撐傘，怕我在電話那頭被淋濕。

　　　　黃昏的天空剛停經，時間需要抹片檢查。

　　　　我仍記得母親偷偷訴說初戀時，暈上臉的那片晚霞，不需要化

　　　　妝就很好看；那時父親只是課本裡老師還沒教的生字。

　　　　電話這頭是晴朗的，而我正淋著雨，衝出去買傘。

連我這般好作解人，也覺得此詩不必再添一字言詮，就親情寫作而言，它和林彧〈一袋春光〉同樣深契我心。日後我讀周盈秀獲「第十六屆臺北文學獎」新詩首獎的〈我姊姊住臺北〉時，到最後一節，依

然難忘然靈的妙筆。[3]

　　讀黃羊川，我折服於詩集中伸縮自在的技術；閱然靈，我的記憶就成了書籤，一直夾在動人的詩頁裡。「吹鼓吹詩人叢書」在很早期便已挑選出如此優秀的作家，足以為芸芸網絡詩人樹起標竿。

　　老司機白靈輕車熟路，把我載到唐山，載到一個不得了的詩園裡去。

二　「念線縫合」[4]，還有「雙手機關槍」[5]

　　說「吹鼓吹」，固然無法遺漏其詩刊：《吹鼓吹詩論壇》。

　　詩刊與上面提及的詩集不同，後者是一人詩藝的表演，而前者是集體的詩腸鼓吹。一人登場，篇什的編次有其個人風格即可，但集體露面，則需依靠編者獨運匠心，善加整飭，以免凌亂參差、潰不成軍。

　　《吹鼓吹詩論壇》的編輯是相當成功的，我認為這得力於每期主題的設定和貫徹執行。隨意舉例，第二十一期「詩人的理性與感性」專輯除詩作之外，也有就此一標題撰作的評論六篇、會談一場，圍繞主幹的詩文能占到一半篇幅，內在的連貫性自然大增，顯得整齊、完備。第二十三號「詩人喇舌語言混搭詩」亦然，主題部分表面上只占

3　林彧〈一袋春光〉全首謂：「年少，要去旅行的早晨／母親摘了一把青翠的陽光／小心叮嚀：春天薄過蛋殼／我沿途揮灑，多汁的／歲月，晶閃的是，淚珠／／八十八歲，母親最後一趟旅行／她走了，我寂寞。在陰暗的／屋角，仍窩藏著／一袋餘暉。說是，寒冷時／就抖開吧，曬曬也好。」周盈秀〈我姊姊住臺北〉的最尾一節是：「我姊姊住臺北　一個人／冬天的夜晚，姊姊會摘下弦月／輕輕刮除整座城市寂寞的細節／打電話給我的時候／我的窗外，彷彿就飄下雪花」。

4　幻影旅團成員瑪奇・柯瑪琪娜（MachI Komacine）的念能力，可以將血管、骨頭、神經和肌肉完美地縫合，曾治好在天空競技場折斷雙手的西索。

5　幻影旅團成員富蘭克林・博爾多（Franklin Bordeau）的念能力，把雙手改造為槍口，射出念彈進行攻擊。

一卷，卻細分作「華語＋臺語」、「華語＋臺語＋英語」、「華語＋英語」、「華語＋客語」、「華語＋日語」、「華語＋粵語」、「華語＋原住民語」、「臺語＋客語」、「客語＋英語」、「華語＋英語＋日語」、「華語＋客語＋英語」，以及「華語＋符號語」等共十二個章節，並有專門論述六篇，浩浩湯湯──即使是對專輯議題不夠熟悉的普通讀者，也能藉由詩、論結合，對每期開掘的範疇有一周延的理解。

對研究者、習詩者來說，這種集中的主題更然有其好處。例如《吹鼓吹詩論壇》的第二期為「同志詩」專輯，第十二期為「國家詩」，統整已畢，極方便需要就特定議題發論撰文的學者；初心寫詩，想就身邊人、事發揮，又可參考《吹鼓吹詩論壇》第六期「地方詩」、第十期「小人物詩」、第十四期「新聞詩」等，或者向第九期「勵志詩」取經，迎應生活的波折頓挫。

應該說，《吹鼓吹詩論壇》的編輯群如同放出「念線」，將五湖四海的詩作、論說縫合起來，有機的組織令它很多時甚至比個人詩集具備更高的「完成度」，更易於參照、師法。

當然，「吹鼓吹」各期詩刊的專題不僅有著「念線」的平和感，更有「雙手機關槍」的爆炸性。爆炸性一方面指所設主題涉及敏感範疇，如第二期的「同志詩」、第五期的「惡童詩」、第二十五期「半人半獸人性書寫」等，容易激起人們一窺究竟的欲望；另一方面，是指主題細目的劃分能夠突破慣性思維，因時制宜。比如說對於遊戲，不同世代讀者所產生的即時聯想往往南轅北轍，詩刊編集時偏向懷舊或偏向新潮均容易失焦。《吹鼓吹詩論壇》第二十六期「非玩不可──遊戲詩」索性列一卷專收陀螺、風箏等傳統玩意，而另闢「電玩詩」一卷，讓《世紀帝國II》（*Age of Empire II*）、《英雄聯盟》（*League of Legends*）等連袂登場，不僅使問題迎刃而解，還能擴闊思維，且免

去編次混雜之病。[6]

　　略作補充，《吹鼓吹詩論壇》所擬主題的廣受歡迎還能從其他詩刊的徵稿中得知。例如更新進、年輕的《臺客詩刊》，現常設「與詩人對話」、「地誌詩」等專區，前者與《吹鼓吹詩論壇》第四期「贈答詩」、第八期「詩寫詩集」相通，後者則與第六期「地方詩」類似，側面證明了《吹鼓吹詩論壇》所選擇、所開拓主題的歷久不衰。

三　「記憶子彈」[7]，還有「迴天」[8]

　　我因不時往寶島參加學術會議，常常得機向「臺灣詩學」的老師請益。

　　我的「誤讀詩學」本是注腳甚多的研究式論文，稍稍寫得平易點時，最初便是經由蕭蕭推薦，把「誤讀」張默和雲朵的文字發表在《吹鼓吹詩論壇》上。之後便到剖析蕭蕭一首詩的七種讀法，差不多同時還將白靈〈風箏〉繫向《世紀帝國II》匈人阿提拉（Attila）身上，向多位我交往最密的師長致敬。

　　現任《吹鼓吹詩論壇》主編陳政彥隨和友善，在研論隱地、席慕蓉、白靈作品，乃至美國夏威夷華文作家協會會長黃河浪的幾場研討會上時有交流。陳政彥其後亦向我邀稿，於是在《吹鼓吹詩論壇》又接續登了蘇紹連與流行曲、葉子鳥和恐怖童話，以及一篇關於莊仁傑

6　嘗聞有詩刊以「動物」為題徵稿，初衷甚佳，只是隨即遇到眾多提問，如「龍算不算動物」、「史前生物能寫嗎」之類，答不勝答。若能取法《吹鼓吹詩論壇》的智慧，多劃分「幻獸種」、「古代種」等子類，成效當更理想。

7　幻影旅團成員派克諾妲（Pakunoda）的念能力，抽取他人記憶並製成子彈，射出之後，中彈者能夠取得有關記憶。

8　幻影旅團成員芬克斯・馬格加布（Phinks Magcub）的念能力，其手臂旋轉圈數愈多，拳頭擊出的力道愈大。本篇借以比喻詩集獲得愈多評說，則其影響愈廣。

的短文，均為「誤讀」。強者我（臉書）朋友林宇軒說讀過論莊仁傑那篇，頗有印象，這點令我十分欣慰；有次和葉子鳥在研討會晚宴座位相鄰，她談起對詩的心志，我感到她內裡的力量。

「吹鼓吹」同仁葉莎、劉曉頤、曾美玲、王羅蜜多等，我都「誤讀」過。「誤讀」是形式，重點是過程中我能細味他們的創作，時時獲得啟發。我曾跟白靈談起他的散文標題多用「與」字，原來是「中間詩學」的表徵，影響所及，其詩作也有兩極拉扯而擺蕩於中的特點──曾美玲的《相對論一百》、葉莎的《幻所幻截句》均有這種傾向，值得深入討論。但這需要「正讀」，唯有「姑俟異日觀」了。

我接觸的「吹鼓吹」同仁都是熱心腸的友善人，詩的園地不僅有技藝，更有好情誼。

這便不得不提新加坡的卡夫，他一手寫詩，一手寫評，後者比前者來得更勤，全心為詩壇朋友打氣。在「截句運動」時，卡夫即連作兩部《截句選讀》，析說約三十位詩人的篇章。及後卡夫罹病，仍不忘論壇上識與不識的詩友，按讚事小，鼓舞事大，旁人或難以理解，而他自有熱忱。二〇一九年十月，卡夫離世，翌年四月《吹鼓吹詩論壇》四十一期辦了「卡夫紀念小輯」，香港的鐵人也隔海悼念。一死一生，乃見交情，「吹鼓吹」同仁沒有忘記詩路途上的摯友。

卡夫的勤於撰論令我想到，「吹鼓吹詩人叢書」確實有不少金玉之聲，亟待顯揚，例如莊仁傑《德尉日記》雖屬少作，但詩意穠稠，別有洞天，〈王子半人半馬〉叫人心醉；余小光《寫給珊的眼睛》文質兼備，厚而不膩，我私心尤愛〈破城之後〉。余小光現有臉書專頁「自己的讀者自己豢養」，可我卻相信「吹鼓吹」團隊能夠在日後更大力扶持自家品牌的詩人。新近年方弱冠的林宇軒正持續評說《臺灣詩學學刊》上的論文，或許假以時日，「吹鼓吹」又能將餘力擴至、集中到旗下的「詩人叢書」，不讓傑作掩埋在指標難覓的書市。

　　坐在白靈的車上，打開葉子鳥《中間狀態》，總序有蘇紹連的話：「這套『臺灣詩學吹鼓吹詩人叢書』累計無數本詩集，將是臺灣詩壇在二十一世紀最堅強最整齊的詩人叢書，也將見證臺灣詩史上這段期間新世代詩人的成長及詩風的建立。」再往後翻，恰巧就掀開葉子鳥的〈公寓〉，截出四句云：

　　　　仰望被切割的天空
　　　　期盼雨後的彩虹
　　　　可以繞路來
　　　　探望它

歪仔歪詩社專輯

每一本詩刊都是一顆種籽，有的種籽會飄落海洋，有的會留在陸地。
我真沒想到，「歪仔歪」的根能扎扎實實扎在蘭陽平原的土地上。

歪仔歪詩社專輯前言

蕭　蕭

明道大學退休講座教授

　　黃春明在宜蘭創辦了《九彎十八拐》，黃智溶則在羅東創辦「歪仔歪詩社」，蘭陽溪之溪北、溪南相互呼應，倒也有趣。夫「彎」、「拐」者，不直也；「歪」者，不正也，想到一不直、二不正，作為文學藝術的號召物，不是更有趣嗎？

　　九彎十八拐，一般人容易理解，是指著省道台九線（含北宜公路、蘇花公路、花東縱谷公路、南迴公路，全長453公里）中的北宜公路，北宜公路（全長58公里）裡的金面山路段，此路段山路曲折，所以稱之為「九彎十八拐」，在山路曲折間突然看見龜山島，宜蘭人的鄉愁立即得以紓解，所以，「九彎十八拐」、「龜山島」也因此成為宜蘭的另一種代稱，或者說「宜蘭鄉愁」的另一種代稱。

　　那「歪仔歪」呢？

　　歪仔歪是指羅東鎮西北區的一個傳統地名，現在還留有「歪仔歪橋」，有人以漢語思考，認為是溪水流經木橋，不時發出「伊伊歪歪」的聲音；但是更多人認為是宜蘭平埔族裡噶瑪蘭族的一個社名，噶瑪蘭族舊稱「蛤仔蘭三十六社」，實際上聚落群應該更多，歪仔歪是其中一個社名，「歪仔歪」據說平埔族語原意是指「藤蔓」。「歪仔歪詩社」以此為社名，大約有鄉土、地方、懷舊、蔓延的屬性傾向，

仔細考察他們的社員，大都以世居、移居宜蘭者為多，似乎八九不離十，「歪仔歪」要從宜蘭本土輻射出去的心意甚為篤實。

這次專輯的撰稿人，幾乎都與「歪仔歪」詩社密切相關，三篇詩社小史的作品都十分簡潔扼要，其一以編年史的方式條列發展，其二以二三事交代初創規模，其三以簡介方式推同仁上台，純樸可親，素面相見，毫無虛華。其後以四篇小文評介同仁作品，題目中都用了「小」字：小詩品嚐──黃智溶的〈焚〉，狡黠的小女子與詩──談林于玄《換貓上場了》詩集，讓我們從夜色出發──讀曹尼《小遷徙》，〈劉三變作品綜論〉雖未以「小」字命其題，卻是各式小論的匯集。當初組社的本意，或許可以從此窺探一二。

不過，若以作品而論，卻是不容小覷，我特別標以「大展」之名。每位社員所提供的作品甚為可觀，即以鄉土詩作而論，另有其思理的深度，側看的魅力，他種類型的作品則各盡所長，各露頭角，不能以「小而美」視之。因此，本次專輯，重在個人創作的揭露，不在詩社發展的索探，有異於其他各輯，值得細品。

歪仔歪詩社編年簡史

黃智溶

歪仔歪詩社社長

二〇〇五年

由詩人黃智溶、劉三變、張繼琳、曹尼創立詩社，先透過部落格發表詩文。

二〇〇六年

夏，松羅步道旅途中，決定嘗試採用紙本發行。

二〇〇七年

三　月，歪仔歪詩刊第一期試刊本，由張繼琳主編。

十　月，第二期加入社員甘子建、柯蘿緹。由曹尼主編。

二〇〇八年

三　月，第三期加入社員果果。由張繼琳主編。

十一月，第四期，邀請章建行、詩人楊澤、趙衛民擔任顧問。由曹尼主編。

第五期至第七期，分別由張繼琳、曹尼輪流主編。

二〇一〇年

十一月，第八期，邀請詩人零雨擔任顧問、加入社員楊書軒。由曹尼
　　　主編。

二〇一一年

四　月，第九期，加入社員一靈。製作「羅葉紀念專輯」。由張繼琳
　　　主編。

七　月，前往杭州，社長黃智溶、顧問零雨、章建行，社員張繼琳、
　　　曹尼、楊書軒拜訪獨山山莊莊主徐承宗，並與在山莊小住的
　　　畫家許雨仁會合。日日在山莊飲茶酌酒，談文論藝，並探訪
　　　山莊周遭的竹林與村落。幾日逗留之後，大家共同創作，留
　　　下一長卷的詩畫作為紀念。

　　　　遊徑山寺，此寺為日本茶道的起源，初建於唐代，被列
　　　為「江南」禪院五山十剎之一。當日細雨迷濛，茶園一片煙
　　　靄，有如畫境。徑山茗茶，蘊含豐富的歷史文化，名聞天下。

　　　　前往湖州雪溪，探訪錢選名畫〈浮玉山居圖〉原址，並
　　　尋訪趙孟頫故居，發現正在整修中。在太湖邊，看到新造的
　　　仿古帆船，並品嚐當地百年老店「丁蓮芳」最傳統的湖州
　　　粽。午後前往烏鎮探訪木心故居，可惜未能見到木心，只能
　　　在故居門口留影。

　　　　行程最後與杭州當地詩友蔡天新等人交流。

十二月，第十期，製作「馬華新詩力」專輯。由曹尼主編。

二〇一二年

二　月，社長黃智溶，顧問零雨，社員曹尼、楊書軒、一靈、詹明杰

等人走訪南澳莎韻之鐘遺跡、朝陽漁港、東澳粉鳥林礫岸，加入社員詹明杰。

七　月，四日至十一日：社長黃智溶，顧問零雨、章建行，社員曹尼、詹明杰等人踏查浙江中部富陽、金庭、胡村一帶。

　　首日，探訪王羲之紹興故居「戒珠講寺」以及蕺山書院、文筆塔、墨池等古蹟。中午於魯迅紀念館旁「咸亨酒店」用餐，隨後前往徐渭故居「青藤書屋」，占地不大，室雖小而雅靜，院中植有蕉竹古藤，富於園林之趣，社長取出筆墨，以扇面即席寫生。接著前往蘭亭故址，感受當年曲水流觴、群賢畢集之盛事。

　　次日，包車遊覽紹興大禹陵後，直趨嵊縣三界鎮，沿剡溪，過曹娥江，訪尋胡蘭成故里。沒有詳細地址，僅憑一份網路照片，在荒僻的山村遍尋不著，感覺當地居民頗忌諱談及此人。正準備放棄之際，回頭發現一處與資料照片相似，穿過閭門，果然找到胡蘭成故居，大家欣喜過望。

　　次日，訪尋王羲之晚年歸隱之處——金庭觀，沿著兩旁植有綠柏的墓道，憑弔羲之墓，據王氏後裔言，時常有日本書道團體前來參拜。隨後參訪王羲之第六子王操之後人，聚族而居的華堂村，古色古香，令人發思古幽情。

　　次日，沿剡溪尋王徽之雪夜訪戴故址，社長與顧問當下模擬其情境，以增添尋古之趣。午後直驅富陽，先訪郁達夫故居，在鸛山邊，緊鄰江岸，植有柚子枇杷含笑櫻花，花木扶疏。社長並在鸛山上對富春江淘沙船寫生。

　　沿富春江尋訪黃公望《富春山居圖》實景，例如鸛山、嚴陵釣臺、桐君山等。在嚴陵釣臺乘快艇，於桐廬租烏蓬船遊江。

十二月，第十一期製作「懷念詩集特集」、「對岸發聲——復旦詩社詩選（上）」由楊書軒主編。

二〇一三年

八　月，移動文藝營，社長黃智溶，顧問零雨、章建行，社員張繼琳、曹尼、楊書軒、詹明杰、一靈，走訪中臺灣的彰化王功、溪州一帶，拜訪詩人吳晟。

十二月，宜蘭文化局出版《地景的詩意——歪仔歪詩社詩選》，由楊書軒主編。

二〇一四年

五　月，第十二期，製作特集「對岸發聲——復旦詩社詩選（下）」由楊書軒主編。

二〇一五年

八　月，社長黃智溶，顧問零雨，社員曹尼，與藝術家袁慧莉、張金蓮，社友楊庭郁、楊庭頤，走訪日本大阪、京都、奈良、宇治，遊賞日本古都風情。在宇治參觀「源氏物語博物館」感受日本文化的精緻之美，對文化古蹟的保存不遺餘力。

　　　　第十三期，製作《詩人之外》專輯，由詹明杰主編。邀請作家黃春明擔任顧問，加入社員吳緯婷、鍾宜芬。

六　月，野薑花詩刊第十四期，專欄介紹歪仔歪詩社及成員詩作。

十一月，受風球詩社之邀參與第十三屆大學巡迴詩展「掌中記憶」，於東華、真理、逢甲、世新、中央大學舉行歪仔歪詩展。

二〇一六年

七 月，社長黃智溶，顧問章建行、零雨，社員曹尼，文友彭泰榕、
　　陳美桂走訪南京、鎮江、揚州，遊賞江南美景古蹟。

　　　　前往南京明城牆中華門，東晉王謝家族舊址烏衣巷。於
　　秦淮河畔也發現一家「咸亨酒店」，上樓用餐以錫壺佐飲紹
　　興酒，另有一番風味。

　　　　坐高鐵到揚州，住宿於東關古街上「長樂客棧」，此乃
　　清代四大鹽商園林改建而成，全部為明清院落式庭院建築，
　　處處充滿歷史感。其中「街南書屋」是馬曰琯、馬曰璐兄弟
　　的舊宅，當年揚州八怪畫家們時常受邀在此詩酒聚會，留下
　　許多詩畫作品。

　　　　前往廣陵琴社，泰榕當場撫琴一曲，以為助興。雨中遊
　　瘦西湖，過五亭橋、白塔、二十四橋，憶起姜白石名句「二
　　十四橋明月夜，玉人何處教吹簫」。訪尋揚州八怪羅聘故
　　居，在狹窄巷弄深處，屋前也有一座小園林。

　　　　由瓜洲古渡頭乘渡輪過長江到鎮江，在「北府兵」餐廳
　　用餐，江鯰大如臉盆，湯包大如碗，當場領受了北府兵的豪
　　邁氣派。

　　　　遊三山──金山、北固山、焦山。登北固樓，緬懷辛棄
　　疾〈永遇樂・京口北固亭懷古〉詞中景物。遊焦山訪瘞鶴銘，
　　因整修中未能近觀，社長於園中以扇面寫生，以記此行。

　　　　回南京參訪明孝陵，墓道兩旁翁仲林立，令人肅然。

九 月，第十四期，製作專輯「好奇者的房間」，由吳緯婷主編。

十 月，於宜蘭大學圖書館，舉行歪仔歪詩社同仁詩畫展「好奇者的
　　房間」。

二〇一七年

十二月，第十五期，製作專輯「中國女力」，由一靈主編。

二〇一八年

九　月，二十二日至十月十四日：「臺北詩歌節」邀請《歪仔歪詩》
　　　　展——地景的詩意。

十　月，第十六期，製作「羅青專輯」，由鍾宜芬主編。

二〇一九年

九　月，第十七期，製作專輯「詩的鏡像與折射」，由黃智溶主編。

二〇二〇年

九　月，第十八期，製作專輯「詩人的筆記本」，由零雨主編。

二〇二一年

二　月，《國文天地》雜誌專欄，介紹歪仔歪詩社緣起、同仁簡介與
　　　　詩作、評論、詩社簡史等文字、圖片資料。

附錄　歪仔歪詩社同仁一覽表

顧問

黃春明、零雨、楊澤、趙衛民、章建行

社員

黃智溶

　　臺灣宜蘭人，著有：詩集《海棠研究報告》（臺北市：知音出版社，1986年）、詩集《今夜，妳莫要踏入我的夢境》（臺北市：光復出版社，1987年）、藝術評論集《貓蝶圖》（臺北市：三民書局，1994年）、詩集《那個地方》（宜蘭縣：宜蘭縣立文化中心，1999年）。

　　一九九六年回宜蘭任教後，與詩友張繼琳、曹尼、劉清輝等共組《歪仔歪》詩社，推展蘭陽現代詩，並定期出版《歪仔歪詩刊》，現為《歪仔歪詩社》社長。

劉三變

　　本名劉清輝。詩人、詞曲作家。寫過一些八點檔電視劇的主題曲與插曲，王識賢〈腳踏車〉的詞曲創作者。

　　東吳大學中文系畢業。曾為《曼陀羅》詩刊同仁；《歪仔歪》創社同仁。曾獲東吳大學雙溪文學獎現代詩首獎，作品被選入《生於60年代兩岸詩選》及各種選集。詩作被選為高職、高中參考書的國文考試題目（龍騰出版）；評論《超自然的描繪——淺談林泠的〈微悟〉及其他》被收錄在高中國文教師手冊（五）。

　　曾任蘭陽文學叢書評審委員。被隱地譽為值得注目、低調的優秀詩人。著有詩集《情屍與情詩》、《誘拐妳成一首詩》、《讓哀愁像河一般緩緩流動》。手稿受國圖典藏。

張繼琳

生於臺灣宜蘭，文化大學美術系畢業。曾獲《聯合報》、《自由時報》、《中國時報》等文學獎。自印詩集若干。國中教師。

曹　尼

本名曹志田，東華大學藝術學碩士。著有詩集《越牆者》、《小遷徙》。高中教師。

柯蘿緹

一九八五年生長於蘇澳馬賽。宜蘭高中、清華中文系、東華創英所MFA畢業。足跡曾至菲律賓呂宋島、加拿大東西岸、中國廣東。熱愛棒球，喜歡對著鏡子練投。拍過電影、配過音，打過電鑽、當過搬運工、鞋廠工人。著有詩集《無心之人》（唐山出版）。

一　靈

謝易霖，另有筆名阿里不答。臺南出生，臺中長大，臺北求學，定居宜蘭。現任教慈心華德福高中，因同事、同道與同行羅葉之逝，與歪仔歪詩社諸友相遇，對創作另有省思。曾獲文藝創作獎等多種詩獎，出版有金鼎獎推薦「成語一千零一夜」系列（四也），並為小有所成的唱片文案。

楊書軒

東海中文。東華創作與英美文學所。曾獲藝術新秀。龍應台基金會思想地圖執行者。金門駐縣藝術家。獲時報文學、宜、花、臺中、香港青年文學等獎。出版《鳥日子　愉悅發聲》雙套書。

詹明杰

一九八二年生，O型雙子座，喜歡炸醬麵跟海釣。曾獲礦溪文學獎現代詩首獎與菊島文學獎現代詩佳作，常會回想以前發生的事而發呆很久。現在宜蘭縣復興國中教中學生讀點詩，塗寫些碎語殘意。

吳緯婷

宜蘭人，師大國文系，倫敦大學Goldsmiths學院藝術行政與文化政策碩士。曾獲優秀青年詩人獎、金車現代詩獎、臺灣文學館愛詩網創作獎、漂母杯文學獎、蘭陽青年文學獎等。著有詩集《一次性人生》，散文集《行路女子：記每個將永恆的瞬間》。

鍾宜芬

宜蘭人。淡江大學歷史系學士，輔修企業管理，中國文學研究所碩士。文學調查與研究獲文化藝術基金會補助，書評、專文偶見報刊。作品收錄於《現代日本的形成》、《貓狗說的人類文明史》、《直到平原深處》。

探訪王羲之紹興故居「戒珠講寺」

歪仔歪詩社一、二事

張繼琳

宜蘭縣壯圍國民中學教師

　　回想起二〇〇一年我自桃園返鄉服務，二〇〇四年夏，透過同事林克勤的介紹認識詩人黃智溶。記得是在文化中心附近的「竹籬館」碰面餐敘，這是一棟傳統磚瓦老建築，頗有古風。老闆夫妻兩人恰好也是文大畢業校友，一見如故，談興濃烈。印象中我記得黃智溶那天最開心的應該是，打聽到王瑞節民藝古董店的確切地點，他一直談到自己找尋好多次都悵然而歸，後來我才知道他嗜愛收藏。

　　日後他約我見面，在羅東竹林里自宅三樓，介紹一位年輕實習老師，原來是曹尼。後來又認識了清輝。於是二〇〇五、二〇〇六那兩年的夏天，我們常在黃智溶住宅的三樓書房聚會，中式古典傳統家具、水墨書畫、石獅、木雕佛像、桌案筆墨硯臺、插瓶的野薑花、伸懶腰的貓咪。經常是午後，四人圍坐榻榻米墊上的矮桌喝茶抬槓吃點心，喝的是普洱茶，用的是天目碗，當時心想我也想買一件建窯天目碗。

　　清輝多在臺北，偶然碰面，彈吉他時總是深情款款。黃智溶、曹尼、我，因三人都當老師，暑假有空，就自辦私人性質的藝文研習，有時遊山玩水，或做文史之旅。例如研討波赫士著作，大家都買了全套。還開車上臺北一起觀賞阿莫多瓦的電影，偶或到畫家王萬春畫室觀畫、賞畫、論畫。

　　我因此還認識了古董收藏家小章，他是黃智溶多年的骨董收藏友。也認識了詩人楊澤，我因此有了洪範版《薔薇學派的誕生》詩集作者的簽名。小章習慣帶酒，送茶葉，有時也帶骨董書畫共賞，大家熱熱鬧鬧開玩笑，消磨整個下午。

　　以後，我總是不請自來，直奔黃智溶家，兩人對坐喝茶，隨意挑書翻書。屋角閒置一尊第十屆時報文學獎大型獎座，沾塵蛛網，我偷偷抱了一下，哇好沉啊。聊一陣子後，又速電曹尼過來，三人又湊搭一塊。蘭陽平原海風吹拂稻香，興之所至，驅車直奔羅東林場旁吃肉羹、逛王瑞節的古董店。

　　某日，黃智溶說不然成立詩社吧，要大家討論名稱，當中就有「歪仔歪」。黃兄說明，從前竹林里的大路通往大洲那一帶舊稱歪仔歪，係噶瑪蘭社名，寓意：煙草。我們想，彼時早有宜蘭刊物《九彎十八拐》，若加上我們羅東《歪仔歪》，不就蘭陽溪南、溪北遙相呼應。多有趣啊！彎、拐、歪。輕鬆自在自嘲倒好。

　　成立詩社還不夠。二○○六年八月三日，我約好大家健走松羅步道，沿途草木繁茂，水聲淙淙，雖在盛夏也有涼意。我有備而來，上山半途，提出辦詩刊構想。大夥竟答應，但怕節外生枝，我拍胸強調：你們只管交稿，其餘放心，我一人操辦，我們推舉黃智溶為社長。那天恰是我生日，催生了《歪仔歪詩刊》。

　　接下來，分發來宜蘭憲明國小的詩人甘子建，以及子建的摯友詩人果果亦隨後加入。可惜數年後，子建遷調雲林，果果離開教職，漸漸少了聯絡。

　　詩刊繼續發行，我與曹尼輪流主編，都是影印裝訂，到了第十期才正式編排印刷。期間每年安排「移動文藝營」增廣見聞，以壯詩筆。又挖掘蘭陽在地年輕詩人，名為「在地發聲」，讓詩社薪火相傳。

　　二○○七年詩刊創刊號結尾，社長黃智溶說：每一本詩刊都是一

顆種籽,有的種籽會飄落海洋,有的會留在陸地。當初,我真沒想到,「歪仔歪」的根能扎扎實實扎在蘭陽平原的土地上。

詩刊的編輯排印討論一景

小詩品嚐

──黃智溶的〈焚〉*

劉三變

詞曲創作者

〈焚〉　　　黃智溶

盛夏時，當我情感的巨樹

落盡碧葉而枯朽後

姑娘，請點收我的殘肢

再細細的折磨我　成

一束古典的檀香粉末

纏綿的，繚繞著

那幽黑的小銅鑪

──恰似妳森冷的心房

請不要激動於我的自焚

那柔細的香絲

將是越淡，越冷

---

* 作者案：此文原載《笠》詩刊二五九期，二○○七年六月號。

終也無力追究

死灰復燃的傳說

對一首十三行的詩而言，或許不適於稱之為小詩；但對於一首好詩，不去談它，又覺之可惜。在這一首〈焚〉中，作者將情感與巨樹結合（情感的巨樹）後，再利用樹「落盡碧葉而枯朽」的情景去形容情感的凋落，進而以「殘肢（枝）」、「檀香粉末」的特性，展開了凋落後，內心的折磨以及心灰意冷的心情。整首詩，借著景物的特性、變化，來抒寫對愛情的失望與心灰，不僅情感貫穿其中，巧妙的比喻，更是令人激賞。現在我們來看第一段中的句子：

盛夏時，當我情感的巨樹

落盡碧葉而枯朽後

姑娘，請點收我的殘肢

再細細的折磨我　成

一束古典的檀香粉末

纏綿的，繚繞著

那幽黑的小銅鑪

——恰似妳森冷的心房

在此，詩人以「情感的巨樹」表達其濃厚的情感，不僅詞句特別，而且情感與巨樹結合後，又借著「樹」的特性，作為其情感的延伸。接著「落盡碧葉、枯朽」這樣的句子，本無奇特；但在「情感的巨樹」作為前提下，便可感受到落盡的是曾經鮮綠過的情感，以及點點滴滴的美好細節。當情感逐漸凋落，詩人便以自嘲的方式，抒發自己真情付出所得的失落。他說：「姑娘／請點收我的殘肢／再細細的

折磨我　成／一束古典的檀香粉末」，在這裡，「殘肢」是樹的殘枝，同時也是詩人情感凋落後的殘肢。而檀香必須「折磨」方能成粉末，同樣的，詩人也借此抒發這份殘敗的情感所給予自己的「折磨」。然而受折磨後的檀香粉末「纏綿的，繚繞著」的對方，卻是「那幽黑的小銅鑪──恰似妳森冷的心房」。一個是「纏綿」，一個是「森冷」，一種強烈的對比，訴說著詩人落寞的心境──纏綿的，繚繞著對方，所得的卻是對方一顆冷漠的心。其中的失望又何須多言。

　　請不要激動於我的自焚

　　那柔細的香絲

　　將是越淡，越冷

　　終也無力追究

　　死灰復燃的傳說

　　當失望一再堆積，終至絕望，詩人唯一能做的，或許是將自己深厚的感情也逐一掩埋，甚至消滅。所以詩人寫著：「請不要激動於我的自焚」，在這裡的自焚，除了指檀香粉末本身外，同時也是指自己對情感的自焚；而那「柔細的香絲」曾經是「纏綿的，繚繞著」對方，如今「將是越淡、越冷」。期望落空，失望形成了臉上面容。在情感自焚，徹底的心灰意冷後──「終也無力追究／死灰復燃的傳說」。末段，雖為詩人預設，但其絕望的心境早已浮現字裡行間。

　　精準的筆尖，從情感巨樹的凋落，到折磨殘肢成檀香粉末，到自焚後而無法死灰復燃，整個情節是如此連貫，像一幕落寞的情感風景，排演著詩人之傷。

遊徑山寺，當細雨迷濛，一片煙靄，宛入畫境。

狡黠的小女子與詩

──談林于玄《換貓上場了》詩集

詹明杰

《歪仔歪詩刊》第十三期主編

　　多雨的宜蘭，讓這座平原上的孩子多了很多時間望著窗外的雨哪兒也去不了，也多了很多時間去結合文字與感受交織。這正是我看見努力創作的藍衫女孩──于玄，她很特別，她身高不高卻有超越同年齡的書寫力量，小妮子十四歲起初試啼聲就拿下復興少年文學獎及澎湖菊島文學獎，聊到這事兒，她臉上一派輕鬆又毫不在乎地說：噢！別再說了，那又沒什麼的態度，有點想讓人朝她臉上抹派，但就算她抹上了厚重奶油，她仍一邊構思詩句，只是沒原來那麼優雅而已！

　　自于玄上了高中後，我發現各大詩刊都有她作品的身影，我便這樣一次又一次享受著學生帶給我的閱讀樂趣，似是蝴蝶翩翩展現她美麗翅膀；我則是看過她毛蟲時期的路人。

　　于玄詩中語言偶善於變造身分以交織的手法，鋪排詩意的表與裏，這首〈桌上那首浮濫的詩〉內是這麼說的：「我開始飼養詩／飼料是你／開始看你在詩貪婪的口中／無法逃出／⋯⋯／在我的詩裡／但詩卻開始絕食」我想到這種混合暗喻（mixed metaphor）技巧，讓兩條主線：交往與你→寫你入詩；與→飼養金魚→魚病不食。既示現暗

喻，兩條敘述主線在交織後主體又各自離開，其巧心慧智可以略見。

　　接著讓我們再探頭看看于玄的小詩語言，刊載於《野薑花詩刊》第十六期中的〈逃避〉裡是這麼寫的：「那天他對她／說／把燈關掉就不會有陰影了」，這首詩中我注意到兩個觀察點，一是斷句的獨立成句而見重點提醒，如第二句這裡的「說」，是一種單向告知（提醒），在詩裡是一股地位傾斜的力量展現，此點詩人已能掌握，二是于玄另一強項在「意象」的共構間，她能狡黠而快速地找出最利於站立的語言天秤上展開詩的敘述，避開扦格不入的類比窠臼，在我個人的閱讀經驗中，類似飛鵬子或蔡仁偉的小詩輕而不滯，正是此類技巧的佼佼者。但此類詩作仍須量的擴充來期待詩人的自我完成。看到這兒的讀者是否已準備好，讓我們拭目以待下一位新星誕生！

讓我們從夜色出發

──讀曹尼《小遷徙》

蔡牧希

詩人

　　這幾天的雨，下得無邊無際，很適合讀曹尼的詩。曹尼的詩，背後總有冷色調的襯景，還有蘭陽的水景與綠意，一如《小遷徙》的書封。

　　輯一〈失夜記〉從夜色出發，構築詩集基調：「夜窯灼灼／當看見四百五十顆星塵／澆淋如釉／低溫燒製／一整晚瓷盤」，拉開夜色的星空畫布之後，視野遂如平野遼闊。

　　在闃黑的夜海之中，燈火亮起如星，如島，等待黑暗成形。而唯有萬事寂寥，才能擺落喧嘩的心音，聽見「天堂的門孔／轉動響起／永晝室內樂」。這讓我想起蘭陽的日子。

　　我曾賃居在市郊，窗外就是落羽松林。少了喧囂的霓虹，鄉間的暮色來得很快，那是沒有天際線的沉著。寂坐於斗室，外頭的蛙聲四面而來，與萬般心思交響成一曲無眠。此時響起的，不僅是田野之聲，在每一首詩的意象裡，回憶與生命同步復甦。我還記得田間的螢火，恍然明滅，點燃了夢境與現實邊境，於是我終於能按圖索驥，逐漸找回那幅東北的遠景。

　　然而這種寂靜與黑暗的時刻，很快就被「陽光犁進頸項」（〈無法抵達的藍〉）。白晝熱辣的陽光，不由分說地犁開夜色，如農人翻土新耕，意象遂如新芽一般，無邊地在讀者心裡萌生。蘭陽的山海與童年時歲，從此深植記憶原鄉，無論離家多遠，多久，無盡的鄉愁仍自顧自衍生，「再沒有邊境屬於誰」（〈小遷徙〉）。

　　詩人深耕於宜蘭在地的「歪仔歪詩社」，鋪寫的輯三〈水田紀〉，向陽稱譽為「突破現代田園詩的佳構」。這也是離鄉遊子，最掛心的家鄉風光。此輯在黃春明的「九彎十八拐」之外，另闢一條返鄉之路：「百般聊賴／搭上首班列車／繞境放逐／交還僅有指南」，此時所謂的「放逐」，是從異鄉放逐，歸返那個「緋紅雲／怎麼也填不完天空」的東北。而唯一的「指南」，就是近鄉情怯的脈動。

　　宜蘭地處東北迎風面，向來多風久雨。此輯以蘭陽獨有天候經緯，織成一幅田園鄉景。〈據說宜蘭立秋〉：「你說風有沒有脈搏？」將天象揉進生活，詩人「帶一面雨躲進碧霞街」，讓咖啡豆香如貓尾，膨鬆了整個午後。而多雨的季節，一躍而下的汹泳，或許更能徜徉於汪洋水色之中。

　　〈水田紀〉一詩，以七小節展開農家圖景。萬般農事在詩人筆下展開，不僅撐起家鄉生活實境，烏鶖、安農溪、礫石等意象，都成為回鄉的召喚。「駝背阿公不知退休／早晚巡田水／拔草還諸天地」，傳承了世代之情，與天地倫常之理。這讓人聯想到顧城的〈一代人〉：「黑夜給了我黑色的眼睛／我卻用它尋找光明」。世代的交替之際，沒有激烈的感傷，「安農溪如常路過／二萬五村淺淺寐」，鄉情如水流一般沉靜，更像靜脈之血回流到遊子心窩。

　　第七節「少小離家老大回／唇邊頭尾吐出的國語／粉刷我的漳州腔」，將賀知章的感傷，復刻到水田之鄉。鄉里間人見客，一開口毋需多言，就知道是不是外鄉人。

　　在熱鬧的羅東夜市裡，許多店家招牌寫著「勁好呷」，我初看不明所以，後來才知道那是宜蘭獨有的腔調。後來看到相似的招牌，恍然大悟那原是一種家鄉的密語，唯有在地人才能理解的記憶符碼。而所謂的「南腔北調」，已非地理上的風土界線，亦刻劃出心靈異鄉的寂寞，於是古人的離境之愁，沿著時空綿延至今。個人靈命與周遭的「生老病死」也是某種意義上的「遷徙」。

　　此種情感隨著時空不停疊加，當離境／返鄉、現實／夢境的各種遷徙，不斷重新定位人生，卻有一種恆常永存：「在他起伏廣袤的胸腔／因河流斬斷迷途／潛意識就要集體橫渡」，鄉愁如夢，始終牽縈繚繞。詩人冷然又溫柔地說：「小遷徙中／別輕易回頭」。是啊，無論我們離境多遠，回首仍能看見黃金般的信仰，一如詩人的堅持——「我和我的詩社同仁／眼色相互浸潤／雲在上輕抹／夜正粼粼鬆開……」

詩社成員論詩品詩一影

劉三變作品綜論

歪仔歪詩社　彙整

在〈路上〉這首詩……它的每個意象不只是停留在舞蹈的階段，它是一邊舞蹈一邊往前走……

　　　　　　　── 羅智成〈第十二屆雙溪文學獎首獎評語〉

詩其實就是歌！對也寫歌詞的劉清輝來說，詩是更自由的歌……詩有題已經落格了，更何況序？還是讓詩自己說話吧！

　　　　　　　── 楊維晨〈劉清輝詩集《情屍與情詩》序〉

劉三變的作品，沒有很大的動作，它就像印度神廟前的舞者，手指與身體的姿態微微變化便能呈現出美妙的舞姿。劉三變的詩亦然，在短短的詞句中，便能呈現出文字的美感。

　　　　── 黃智溶〈劉三變詩集《誘拐妳成一首詩》新書發表會記錄〉

詩人劉三變，原名劉清輝，東吳大學中文系畢業，是我極敬愛的學長之一。不好詩獎，不好攀緣，好作詩，好作詞曲，好玩古董玉器。尤好柳永詞，故自名三變。《誘拐妳成一首詩》為其詩集名，若在戒嚴時期恐會被禁。然此詩集於今日大受歡迎，顯見期待被誘拐成

詩者眾。以我所知，此語實三變鬱極而生之妙語，詩之所謂鍛鍊者，非語言之術爾，心也。鍛鍊其心，推敲其語，詩格方成。三變兄之詩，用語奇崛，怪變無端。用情極憂鬱之苦痛，之燒灼，之折磨，之囓咬，讀之如品濃郁苦茶，如啜純黑咖啡，如飲辛辣高粱，其回甘非恃口舌，非待喉頭，甘淳於心胸也。其甘者何？情極深，意真摯，語絕妙，無一語非出自其生命。

——陳敬介（靜宜大學中文系副教授）

「臺灣現代詩學與學術討論交流平臺」

　　李皇誼和劉三變都是優秀詩人，兩人顯然都是處世低調之人，從不張揚自己的詩作，或許就是這樣，詩壇還未注意到他們的才情。

　　——隱　地《出版圈圈夢》〈兩位值得注目的詩人〉（最後一段）

　　柏拉圖說：「戀愛時，人人皆是詩人」。作者似乎一直感受著愛戀的氛圍，扮演戀人與詩人雙重角色……。作者在「文學筆記」裡說創作者「必須保持感動的原味。」為此，他善於營造氣氛與意象的提煉，如〈炭熄〉（頁68）乙詩，情景的安排，諧音文字的替換，都達到適合其所的狀況。〈在人群中晃動孤獨〉（頁128）乙詩，直劈當前社會動態影響生活提昇的質素，而已發出喟嘆。讀〈偷閒〉（頁148）乙詩，也能會心共鳴的同感……。詩集中，詩句意象新穎，隨時翻讀，都有感觸與感動。

——莫　渝〈劉三變詩集《誘拐妳成一首詩》掃讀〉，

（摘自《笠》詩刊269期）

　　有些詩總是來不及遇上你便靜靜消逝，十年前，店長還未開始寫詩、讀詩，但是十年前早有一本是我會喜歡的詩集誕生。詩人說：

「憂鬱在左／焦慮在右／狀況糟時，還必須與死亡練習拔河」。而他寫的歲月是：「蛇行的歲月／生活過得彎彎曲曲／歡樂倏忽／一閃即逝」。他甚至藉觀察與自省寫下：「吃人的時代／人是人的獵物⋯⋯奔忙是一種愚蠢／我們不過是愚蠢的獵物」。店長相信，這本十年前出版的詩集來到「詩生活」必然是有意義的，或許這亦是詩要交給我的任務：讓更多人給這本失意十年的詩集更多愛惜吧！

　　　　　──陸穎魚（劉三變詩集《誘拐妳成一首詩》讀後感）

　　《讓哀愁像河一般緩緩流動》作者劉三變這本書顯得清瘦，一字卻有一斤的哀愁。河的盡頭，總會有光。

　　　　　　　　　　　　　　　　　　　──余　華《從容文學20期》

詩社成員合影

歪仔歪詩社作品大展

歪仔歪詩社　彙整

一靈詩選

〈創世記〉

放眼八方，沒有河海可渡
那聲音卻要我日夜筆伐
歌斐木，這滿是樹脂的檜
為我嘗了死味，但死無法破壞
反而成就建築，載我的造物
上邊要留透光處，旁邊開門
長三百肘，寬五十肘，高三十肘
手工藝，大匠氣，愈磨愈出
裏外抹上松香，層次上中下
廣納那有血肉，有氣息的活物
每樣兩個一公一母，繁衍
意義，孿生名字的系譜
那些音聲與號符，等待

一次漂流，航行，救贖
那是：降雨四十晝夜
天頂窗開，源泉倒掛
心血來潮，我猛然驚覺
妳不經意地掉淚

〈臨界風光〉

一枝蓮花，三片荷葉
痛飲整晚燈火後，造化傳神
洋洋光中，朝浴而起的繆思
推開每個半夢半醒的窗
橫陳裸身如黎明

世界在聽，生肖屬龍的海
交響著什麼？京腔、日本調
河洛、客家或阿美
一牛車聲音和符號，山雨欲來的
風之雅頌
飽漲面向大洋的閣樓

楊柳舞動作牧人，風中聲響
霧立如羊群，隊形漸次變換
雲行於崇高壯美之間
作大塊文章
美麗深邃了亞細亞的天空

雨來時候已是天黑

夜語下落如星群，漲滿

想像的七星深潭。窗前燈火未竟時

不知哪首詩又要誕生

〈盛夏欲靜來點德布西〉

I

芒種午後

光正熱

月仍躲在地球另一面

待鋼琴手掛風鈴於窗簷

心乘涼而起

比如王摩詰

空中遇上德布西

我撞見陳家帶：

「水流進來，光流進來

幸福都聽見了」

II

有片刻

永恆選中我

做神聖的獸行

我只能靜

輕盈如蘭花氣息的存在

只能化身蘆葦

遍滿時間兩岸

風來美妙如地動

做哀的苦吟

III

比緩板更慢的時光

安息日於妻旁

仍未能止觀：

「我愛的是一場夢境嗎？」

我掛念的是動機？

主題？還是象徵？

人生此問如何浮世得解？

也許這樣一回：

「浮士德啊，

詩是惟一的真實。」

IV

行走日常

足跡雪上

我敲字構書

築沉沒的教堂

無聲之處

靈光運動

向靜聽的你

禱告

吳緯婷詩選

〈瘟疫蔓延時〉[1]

和平的日子
地平上升起煙硝
提醒日頭會老
運氣會少
碰觸花朵的
光亮的鐮刀

香菸、相片、信件
還有什麼事物
比希望更加危險

黎明降臨世間
也被世人
感染死灰的眼神
分辨誰見識過地獄
誰只能相信天堂

上帝從我們身旁經過
低頭若有所思
像任何一位經驗豐富的老農

---

1 原刊於《聯合報》「副刊」，2020年2月26日。

揣測天候
掂量此季作物的收穫

〈雨水〉[2]

被綠色之火
燃燒的稻殼
像是剛被包妥
獻祭的花束

太陽之神
今日喜愛
金屬風味、腥紅色的
薩克斯風樂音

草木萌動
是水
鍍上了銀波
精靈以溫柔的速度滑行

危巖之秋，從尖端凋零
乾涸之冬開始
恢復河流的記憶

森林孕育

2　原刊於《自由時報》「副刊」，2020年4月13日。

創生的眾神
放出第一隻火蝴蝶
飛過雨，在緩版之後
進入春天的變奏

〈鬼日子〉[3]

有天明的時候，有天暗的時候
等說完鬼故事
鬼就不見了

有能孤注一擲的事，有只待忘卻的事
每每撫摸床角
憂鬱便長出腳來

有受傷者，有耽溺被傷者
鞭子拿在手上，是痛還是快感
要逃還是撲上來

有見不到的人，有見不得的人
大家圍圈，睜著明亮雙眼
一團和氣聊天氣

有好日子，有壞日子
穿絲絹睡袍迎接藍天清晨

---

3 原刊於《聯合報》「副刊」，2020年7月21日

不知道今天

會不會跟鬼面對面

柯蘿緹詩選[4]

〈學小民國賽馬〉

　　一九九一，民國八十，島國重光四十六年。

　　職棒開始種花第二年。我開始背書包上學

所學的第一件事，是學小民國賽馬

低年級的我，每日排路隊進校門

那時，門口的老國父還未被塗上顏色

風吹著他不曾翻動的中山領

灰頭土臉中看不出神色，那時

路隊長是個高年級的學姊

她書包裡插著一枝路隊旗

每次都走在隊伍最前端

她家大概就在那裡，走出巷子繞過巷子

再進入巷子，一如她垂肩的髮

自自然然擺在應許之地；排隊點名時

老期待聽見她叫我的名字，期待

就我和她兩個，化作兩匹青春的小馬

4　作者按：馬賽位於宜蘭蘇澳邊陲，源於昔時凱達格蘭Basay族之名。

一起奔馳在每條阡陌交織的小弄
一起奔赴小民國學習賽跑
一日之計在於晨，如此美麗
然當她一聲聲「張宏緯」呼叫我時
卻是如此四季如一，毫無變化
就像校門口長年眼神木然的國父
背對那風飛沙不斷的操場
那課間休息時我學小民國賽馬的地方

我曾在那裡和一個男同學打架
且喝一個女同學饋贈的飲料；那時
他用不合時宜的成人語彙挑釁我
我火大了用力揍他，那感覺
拳拳到肉，只剩爽快而已
而她，連續寫過好多封信給我
另一種不合時宜的成人語彙
我沒經驗，紅潮上臉
一封都沒回；他和她
性別不同，姓氏相同
一個恨我，一個愛我。那時

學小民國賽馬還有支少棒球隊
曾打到全國第三名
出國比賽還打贏日本小鬼
回國後整個小鎮為之瘋狂
他們吃肉羹麵都不用錢，對

就是校門口國父正對面

那家太祖魷魚羹。那時

我曾經很想加入這支球隊學打球

不想學小民國賽馬了，是啊

學小民國賽馬又如何，學打球

學打架、學寫情書這些又有何區別？

最後不都通往長大，不斷不斷

學著如何做一個活活潑潑的好學生

一個堂堂正正的中國人，那時

我們在生字練習本上學

在家庭聯絡簿上學

學小民國，學小國民

學老子的小國寡民

學我幼稚園同學王建民

無論甚麼民甚麼國，阿撒不魯

烏魯木齊，始終曖昧不明……

　　二〇〇八，民國九七，島國重光六十三年。

　　職棒種花種了十九年。請繼續共體時艱

小民國的屋頂被颱風颳走好大一片

有生以來從沒見過這麼多記者到校採訪

老國父在校門口巴巴張望著，幾年前

他才給人換上一套訂做的西裝

臉上顏色豐潤不少，看起來年輕許多

今天小民國的小孩，或許還是弄不清國號
但他們已不再遇到學小民國賽馬這類
由左而右或由右而左的路線問題
他們聰明許多，紛紛不再學小民國賽馬
拜我的幼稚園同學王建民之賜，這真得感謝他
現在大家都學小王民建球棒，看仔細，那並非一種球棒
那必須唸作「棒球！建民王小學」，請別再持續
學小民國賽馬，那種近乎搞笑的閱讀障礙了好嗎

現在的小孩真是幸福許多，就我的經驗而言
學小民國賽馬六年以來，始終沒上過賽馬
這堂夢幻體育課。終於得說聲：下課了
學小民國賽馬，再見，我親愛的
馬賽國民小學，再見

〈景色〉

始終不知該如何闡述，關於那些
不同時空底下發生的事，或許
一切都先從景色的轉換開始，好比
我所見到的黃昏有別於你的瞳孔
或者你居住的憂鬱，也不再蒼白
悄悄地，從我破舊的房間湧生

遠方每個灰暗的傍晚，試圖連線
卻經常斷線、離線，我的膚色

隨著落日剝落，緩慢於某座咖啡館
你熟稔的角落裡溶化，他曾在那
完成醞釀多年的小說，你也曾在那
寫下發誓不再書寫的字句，直到月光冉冉

流淌在城市的每條長路，捨不得離開
你可能不苟同，但旅行向來不允許思念
游移在夢境之外，譬如新聞每每
提及那些投一休四的片段，我就只能
一個人看著牆上的剪影揮臂，連續不斷
提醒自己遭遇的夜晚，並非你所經歷的

咖啡館外月色，記憶晾得越來越薄
你的城市正在逐漸遠離我的
當晝夜間的宿霧拉扯得更長，更軟
其中有些什麼，無可遏止地衰敗
你知道，我們終將成為景色的一部分
那些經過你認定，並且信誓旦旦的所有

〈關於一個角落的記憶〉

世界很小
忙碌於遺忘
風吹得草微搖
搖不了其中的石像
彼端掀起爭執

開起小小的會議
這角落並不想誰來說句話
只等待：一個高飛球
或可能是高飛球的打擊聲
想起我——在這個時刻
在這青嫩如草的生命裡
就有著這樣的期待
——羅葉〈右外野手〉

濕冷的雨在家鄉下著，球季
才剛結束，美技還在重播
你怎麼突然退場了？想起最初
待在右外野，最不起眼的角落
那些練習的日子，沾滿泥的球
幾乎沒什麼人記得，一百零八針
緊實的縫線，如何遭逢向量各異的擦痕
在黃昏後，以緩慢的速度龜裂，儘管
經歷過大小不一的好球帶，卻經不起
人生無常的揮擊。而天氣總是善變

濕冷的風吹過冬天的家鄉
除了吹動草，也吹搖每一片
界外區的樹葉，吹走每一個遲到
或早退的梅雨季節，這角落
時常是安靜的，許多午後我們在此
微調動作，只為尋找理想的姿勢

濕冷的春訓就要開始了，可惜
來不及和你共赴夏日的熱賽
我想我只能安靜地等待，一個高飛球
或可能是高飛球過牆落地的聲音
我只能在這裡，繼續練習
右外野安靜的角落

張繼琳詩選[5]

〈未曾去過遠方〉

未曾去過最遠的地方
於是買了一張世界地圖
在畫有酒館的地點
正盛產小麥、葡萄
說法語。

通常，有心事的人較醉心於旅行
和練習外國語言腔調音階
或問路，投宿一家播放色情片的旅社
撥長途電話給舊情人
通常，不刮鬍子的男人最懂流浪，吹口琴
戴一頂草帽，養一隻老狗，在大街望著櫥窗內麵包。

---

5 原刊於《聯合文學》190期

未曾去過最遠的地方
通常，語言不靈光
貪生怕死
想買一棟屋子住下來，種盆栽。

通常，寫小說的人，不喜歡睡覺
愛低頭走路，踢石子
同時不喜歡穿雨衣，寧願濕淋淋
雲掩埋了城市。
一般說來，未曾去過最遠地方的人
怕冷，心裡裹藏秘密
坐在公園鐵椅，冷清餵鴿子
沒參加過任何一場戰役。

〈遇見妳最好七歲〉[6]

以便日後回想曾經青梅竹馬，兩小無猜
我挽著妳的手，跌了跤還哭哭啼啼
妳一旁笑，我流了鼻涕又找媽媽
妳總愛笑，總是笑出小小的酒窩

遇見妳最好十七歲
我騎單車悄悄跟蹤妳放學路線
就此發現妳住在濱海小小的城

6　原刊於《聯合文學》214期。

小小城裡的花正開，像熱帶魚曾經滑游過的珊瑚海域
我於是倒騎單車來回妳家紅門表演特技
險些擦撞妳出門買菜的母親
但我終會失去平衡撞上路旁電線桿
樂得暈陶陶眼冒金星以為妳服侍我身邊
遞熱毛巾和溫開水

遇見妳最好二十七歲
妳的婚禮在大草坪上的教堂舉行
教堂鐘聲動聽且優美，叮噹復叮噹
公路交通因此有了短暫塞車
我以廣角和望遠鏡頭捕捉放大妳的笑靨
但我聆聽祝福新娘的祝福似乎多了些
那新郎之前我從沒見過
你們相遇相惜時節
我不妨假設是深秋
愛掉葉的樹那麼多，枯葉又那樣多，那樣輕
一踩就碎了

遇見妳最好三十七歲
我定居妳曾住過的濱海小城
妳離開許久偶然回來
修剪庭院樹枝或漆紅門
也曾在玩具店思索小孩生日禮物
我肩著衝浪板步行長長沙灘
下海，等浪頭

等一個浪頭飛起
將我衝上小城的街心
我搓著溼髮朝妳傻笑
妳側頭想了好久仍舊想不出來我是誰

〈隱居時代〉[7]

妳隨我遁入深山　從此
我便有了家庭
起先有鹿在家門張望
隨後有熊　較多是猴子
我們想　這附近肯定有
大片的果林

距離市中心兩百公里遠
他們說　偏僻　落後
問我　究竟到底發生甚麼事情

當然我也會想起從前
一起專注好客和
欣欣向榮的事業
我也會迷戀歡場中的女子
酒酣耳熱後　誇說要買下
101大樓

7　原刊於《聯合文學》302期。

在山上日子我常迷路
又遇天黑……

某日我帶隻蚱蜢回家
對妻說：
這片會跳躍的綠葉子
是我打獵整天　僅有的豐碩

我且習慣　撥開叢叢枝葉闢路
然後對坐山頭
隔著遠距欣賞
薄博霧氣清洗著
我親手油漆的
白房子

曹尼詩選

〈失夜記〉

夜窯灼灼
當看見四百五十顆星塵
澆淋如釉
低溫燒製
一整晚瓷盤

黑暗被逼進海洋、沙漠
傘狀的森林中

漫遊者們在城市
各舉起一盞路燈
彷彿群島

霓虹方尖碑
向上插進
天堂的門孔
轉動響起
永晝室內樂

還記得梵谷夜空
蛋白石、粉晶
錯落黃鐵礦
被文明之手
摩滅一瞬

〈小遷徙〉

馬背上的人
他可曾嚐過青草甜味
任一把套索
緊緊拉扯屋前木梁
小遷徙中
別輕易回頭
如何形容風信子
在窗前目送的模樣

前一夜夢裡
牛羚、斑馬與瞪羚
順時針周而復始
在他起伏廣袤的胸膛
因河流斬斷迷途
潛意識就要集體橫渡

時間的肌肉日益消瘦
當一朵雲的骨骼
鈣質流失
小遷徙中
乘坐氣流抵達清明
輕如紫斑蝶
再沒有邊境屬於誰

〈水田紀〉

（一）

雲輕微嘔
初霧臉紅向日
泥裡有蚯蚓無人釣
注水一畦
阿爸低頭為人子

（二）

青禾苗展翅
嗷嗷待哺

在一野角落低鳴
水以清淺
漫過爪印
阿爸徒手搏福壽螺
泥汗淋漓
布袋滿生機

（三）

季節熟練地將野草
刺青於田埂臂上
剝開一層層雲
日頭的血管
清晰灼人
駝背阿公不知退休
早晚巡田水
拔草還天敬地

（四）

繡眼睜開的遠山
找尋一面清田
攬鏡自照
然後是白腹秧雞
烏鶩少許
濁以礫石
安農溪如常路過
二萬五村淺淺寐

（五）

那田金色信仰
在颱風主持祭典下
紛紛裸露野性
從哪颳來希臘屋頂
大片椰林草皮
不知誰家奇珍鳥巢
有些泥土被覆蓋

（六）

僅存的竹圍
與水泥相鄰而坐
傍晚炊煙不再
西側種植五色民宿
抽長高過夕陽
東方推土機連夜趕工
讓方正疊方正
田園更田園

（七）

少小離家老大回
唇邊頭尾吐出的國語
粉刷我漳州腔
父輩如今供在農舍
庭院定時灑水
偶有塵土飄移

黃智溶詩選

〈獨山村至石扶梯〉

我們從　養三隻狗、兩隻八哥、一窩雞
獨山村　湖畔木屋出發

沿著高柳蔽蔭的石坂小徑　右拐
爬富春剩山圖一樣
30度小斜坡

高處有水塘　蘆葦雜生
但有一圓柔花崗岩
像彌勒佛肚子
可供橫臥

泥路突然仄窄　被竹叢包圍
（忘了帶開路刀，許兄昨天特地黃湖鎮上買的）
復行數十尺
漸寬、能容人
順著小路下去　忽然
大開闊
數間黑瓦屋　掩映在聳入雲霄的翠竹叢中
（文同說：應該有一萬尺長吧！
　　東坡說：那要250匹絹才畫得下）

小小的村莊　約五、六間房子
老房子格局方正
中間大廳氣派　兩廂房
右邊廚房餐桌：有一盤剛剎好的肉、採摘的綠茶
左邊舊木衣架：掛白上衣、抹布
還安放唐磁臉盆

樣樣都好看　但我目光停留在那一張
愈磨愈金黃的小竹凳

主人編了兩個精緻的小辮子
銀白的辮子　在竹影與晨光中
閃閃發亮　像輕柔的絲絹
八十多歲了　所有門牙、臼齒
全都還給大地

她的笑容與笑聲
因為多皺紋與漏風
能夠輕易　重返兒童
回歸嬰孩

往石扶梯湖岸左側步行
泥路鬆軟　綠竹高蔭
每根竹子都有名有姓
不能錯砍

再進去　就通往王位山了
遇見砍竹樵夫
肩上扛著一綑毛竹
一綑13根　又粗又長
下坡時　竹尾摩娑路面
籔籔作響
像一條被綁手綁腳的青龍
在山林間輕吼

「一綑能賣多少錢？」
「三十多塊」
「一天能扛幾趟？」
「七趟」

（當晚收到東坡的來信
　文同與妻子正在燒筍煮食）
幾百年來
大家都是讓竹子　一節一節
慢慢養大的

〈巨木與長河──太平山文學行腳〉

兩棵距離很遠的千年紅檜
沒有人知道
它們蒼勁的枝枒
是否

在很高很高的半空中
交錯

兩株距離很遠的參天古柏
沒有人知道
它們剛韌的根鬚
是否
在很深很深的地層下
糾纏

兩條距離很遠很遠的
蘭陽溪　冬山河
它們各自奔赴了
生命與情感的
千巖萬壑

沒有人知道
在草澤茫茫　魚鳥躲藏
的出海口
它們的十指
是否
緊緊
牽握

〈A與B和C──婁燁〈春風沉醉的夜晚〉〉

A

一個陌生人走進屋裏
（我知道他是來找B的）
趕他不走
（他闖入了我的身體）

遠遠地看見
他孤獨地坐在圓椅上
輕柔地撫摸老傢俱滑潤的桌沿
好像在回憶他的前世

他曾經是這裡的主人
與B「同床共枕」時候
（或者只是「同床異夢」吧！
　我說服了自己）

出示了契約、合同
最後還找到了所有權狀　並且

指出他當年娟秀細雅的簽字
（他現在應該已經認同了
　自己的性別吧！）

雖然　留有一小撮山羊鬍子

仍然無法掩飾他內心
綿羊般的溫柔

「B去了遠方」
我說：

「我只是回來拿B的詩集」
他低頭
默默地回答

B

那一夜　海邊疾馳
暴雨攻佔四分之一的島嶼
淹沒五個鄉鎮
沖毀十座橋樑
襲擊我們透明的車窗　還有
B正在校對的詩稿

伴隨著巨大的雷聲
驚懾的閃電
瞬間照亮了
B陰暗的詩句

我終於明白
原來　B的詩都是
獻祭給黑夜與痛苦的牲與犧
帶淚　含血

還有
整座海洋蒸餾
的鹹

C

A和B在一起的時候
事實上　中間還夾著C
C拍了幾部品味不高的短片
關於B的詩影像
與A的兩種生活
被棄置在抽屜裏

我模仿A
坐在書桌旁

原來A和B各自擁有一個
封閉的密室
互不相通
（她們交換心靈的鎖鑰
　解讀對方隱密而互訴的符碼）

根據B的說法　那一段其實
是A與C
的日子　摩擦生火

B隨性的舞姿是性感的

而性感像蝴蝶的鱗翅般
忽隱忽現　夠優美
也夠讓我
傷痛

（因此　我忌妒他們兩人
　在那個春風沉醉的夜晚
　還同時擁有了B
　憂傷的靈魂）

我註定被遺棄在
這整個故事的背後
無法追溯B
遙遠的過去

楊書軒詩選

〈蜂巢〉

蜂巢，回憶與經驗的蜂群，在沿途採摘中
逐漸飛回他書寫的蜂巢

我喜歡夏日，夏日最美的燃點
光，是一張運動後汗水閃爍的臉龐

蜜臘色的光線流入身體
蜂巢般的身體，像那些日子

你把滿溢出的愉悅，又流入另一顆的蜂巢

豐盈、膨脹，在日光中幾乎炸裂
那麼苦、那麼甜

〈我們的名字〉

整個夏天都在溺水——

美好的夏天，河水家族懷著蜻蜓
青蛙、小魚群的卵，小死亡的卵
河水與俯瞰的臉疊合，螃蟹
溜過情人腳邊

有一種氣味
在風力中蓄滿電流
震奮腰際
海浪升高
喚醒你的腎上腺素……無從
覺知的

整個夏日清晨
像一雙老練的手
伸出媒體版面
那手，找誰呢？他們呼喚著

但當時我們玩的那麼快樂那麼蠻不在乎
就是不知道那是什麼
在拉扯腳踝

又是誰在遠方呼喚著名字
——我們的名字

〈明亮的滯留〉

我把手伸入杯底
為了抹開底部的垢
扣、擦、污漬浮起
順著杯緣流出

有時伸入杯底
底部加深，我難以揣測

我曾觸摸那垢
其色澤，形狀附著
漫漶的肌理
像風化後自然的痕跡

垢在增生
有的那麼好看
而看不見的垢
鑽入縫隙，磁骨裂開
極其緩慢的酸

這世界也是杯子嗎
盛滿孕育的水、退火的水
毀滅的水，日復一日的注入我們
日復一日的倒出

我所擦拭的擦拭
恆常擦拭我
一抹水痕在手中閃現出
晨光與垢的融合

倒掛起來，深度在向下
從不可知的暗處我也曾看見誰
像一滴水急速掠過，抵達杯緣
懸垂著，一種
明亮的滯留

詹明杰詩選

〈接吻〉

魚類的口對口接吻
跟人類一樣
是種宣示地盤的行為

〈政客〉

蒼蠅只管過來產卵

躺著的是生前善良的小兔子
或是曾經威武的獅子
一點也不重要

〈教書〉[8]

摸著黑走到花園
我按下手電筒對植物照明
他們說現在想要休息
也坦承光合作用其實只跟心情有關

〈四葉和菜〉[9]

老爸在田裡種了圍蕃薯
蜷曲的嫩葉摻和泥土的香氣
唯有艱苦
才能嗅出泥裡和著的煙硝
埋藏多少天馬茶房外的槍子

父親在前院栽了株艷紅海棠
飽滿完整的葉片搖曳著丰韻
僅有效忠
才能體會被撕裂的痛楚
隱含多少國破山河的悲壯

8　發表於《中時‧人間副刊》。
9　第13屆礦溪文學獎首獎。

阿爸在後山見了遍山油桐
茂密的葉叢襯著雪花紛落
只有硬頸
才能無愧恪遵的祖訓
烙銘多少八卦山麓的浴血

雅爸在山坳發現滿林緋櫻
紛飛的花葉如霧社槍火飄零
因為犧牲
才能銘刻這片祖靈之地
盤旋多少未滅英魂的守護

這裡是異鄉
即使被槍火摧殘
卻一路走得堅定

這裡是家鄉
即使流徙如飄蓬
仍緩慢地扎了根

這裡是我們的土地
我們都在這裡落地
而且　都用生命的第一聲啼哭──祭告

〈南島語族〉[10]

我的遠祖乘著小筏出海
那天海上風平浪靜、天氣晴朗
他在看過十餘次海市蜃樓幻島後
學了乖
沒像後來葡萄牙人──福爾摩沙　福爾摩沙地　嚷嚷鬼叫

上岸之後
找尋看得順眼異性交配是興趣
狩獵是生存之必須
航海是他最傲人的專長
見人喜歡遞出構樹樹葉作名片自我介紹

有時猜測閃電的原
不知道自己可能是遠古傳說的一部分
喜歡突如其來的森林大火
不必自己動手烤肉
沒有名字就沒有負擔

很久以後有場學術研討會
為了他怎麼使用石器爭論不下
還有衣著、語言、髮型、睡姿依序成為學問被探究
他當時應該沒想到
否則一定會更細心打點自己的生活細節

---

10 《衛生紙詩刊》第31期。

曾有過很長的時間
只跟自己對話
謝謝這棵樹上長了果實
想像山腳下睡著一頭可食的野豬
發現陰天不一定下雨
忘記待在這個島上已經幾天
因為連打三個噴嚏
於是決定往下一座島嶼進發

鍾宜芬詩選

〈聖路連蘇・澳〉[11]

曾經借你的姓氏或故事為名的港灣
被，填得更薄。
小孩極小
老人極老
一些遠去
一些遲來
黃昏踏過的沙不需要旅人前仆後繼造訪
適合來自西方的咒語
也適合被聯想

---

11 作者案：根據中研院翁佳音著作《大灣大員福爾摩沙》一書指出，「蘇澳」其地名
之出現，應源自於十七世紀行經東北海岸的西班牙人將此地命為「San Lorenzo」，
作為馬尼拉與基隆之間的中途站及戰備港，「Lorenzo」發音近似閩南語「路連蘇」，
因此漢人可能據以此稱為「聖路連蘇」澳，之後簡稱「蘇澳」。

「San Lorenzo！San Lorenzo！」
我清楚記得
名喚為聖羅倫佐的男子
揚帆航向下一個星球之前
經過城的終點
被一片陌生的，雨留下
與海鳥吻過的浪不期而遇
似乎可以使人相信的時候
這裡的那裡的舊岩茵草和雲霞都崩塌了
荒原上還有位英雄將被景仰
（伊將被遺忘）

傳說那殘歌是留存記憶的碎碎雪花
沾點月色、山影、古廟、鄉音
和時代的秘密
落入仙女裸足下的汩汩清泉
滲進車站前的磚道
被遊子的步履踏過，染上鄉愁的色
被染色的步履，離家最遠
每一個足印都透露出光暈
每一個足印的光暈
都在透露──
故事得經過搓揉才會散發馨香

〈「檸檬」──記梶井基次郎〉[12]

喜歡的風景很多
特別是煙花
飄落在河堤上的煙花
在聽見煙花落下的地方
我似乎，失落了
某個意想不到的東西

透明的街道盡頭
或許有詩人的亡靈止步佇立
端詳鉛筆、菸斗、小刀、琥珀色的香水瓶
和
水龍頭滴落的
水滴
滴落在太陽注視，樹木也凝視著
是我似乎，失落的
一枚亮燦燦金黃色（熟透了）的
檸檬

剛才讓我陶醉的煙花
彷彿變成一種誘惑
在嬉戲
追逐

---

12 作者案：梶井基次郎著，李旭、曾鴻燕：《檸檬》（新北市：新雨出版社，2019年1
月）。

在唱
樹梢隨風搖曳出無數雷同的歌
讚美臉頰染上色彩的主人

在夏天與煙花背後
我竟格外，悲傷
誘惑並沒有惡意
這都是檸檬的錯

我只是觸摸過檸檬的人
不能再過亮燦燦金黃色的生活

〈記──樺山資紀蘇澳行〉[13]

是誰仰望誰的邊境誰的蓬萊國度
延續島嶼的歷史、土壤、家族和樹木
一些樹開出茉莉，一些沒有
往日行軍之路都成為賞花遊憩之所
零零落落
攜著火把與文明
在沒有旗幟的地興落
試著瞭解
異國的烈日

---

13 作者案：樺山資紀（1837-1922），出身日本鹿兒島縣，曾任海軍大將，日據時期首
   任臺灣總督。一八七三年，為牡丹社事件至臺灣訪查，自淡水出發，經基隆宜蘭最
   後來到蘇澳。於蘇澳白米溪頭與南澳蕃會見，曾設立紀念碑，現已無存

試著在鹿皮繪出皇國的榮光

是誰傳唱誰的歌祭誰的無主之地
Banka Banka
划過薩摩的風，朝女神仰視天際的坔嶺
穿越浪花一路南下
以家畜為名的港埠適合登陸
理所當然向晴空灑一手沙
往瘴癘前行，往蠻雨前行，往虹帶深處前行
踏出火焰與泉水
以記憶換取菸草或對話
芒山包覆的白米溪頭盛產善意與征服

是誰締結誰的盟約誰的黑潮洗禮
被遺忘的一塊土撞擊另一塊
足印堆疊足印
我和我番人的社群，你和你隼人的子民
鑄入承諾的蕨草與指紋，分享野蠻與戰慄
舉杯向你我相遇的國度致意
以汗水融去稜線
長出下一個帝都的模樣

是誰護衛誰的征役誰的碑塚遺跡
在竄滿青苔的銃眼探尋傳言和後裔
還有許多殘骸背影及無從懷念的幽靈
一切都向後退

一切都成為卑屈的成長

比雨水下成雨水更早，更早的春季

白蝴蝶拖曳羽翼往北飛行

行經化外的，棄土

自會成為

──你曾經也聽說──

聽說，當時野心都還年輕

我只是路過，無意久留

劉三變詩選

〈誘拐妳成一首詩〉¹⁴

相遇的季節

妳臉上盛開著一朵羞赧的笑容

偷偷地用雙眼我輕輕採摘

採摘妳的純真

採摘妳的無邪

唉！採摘來的美

可以置於歲月的竹籃裡嗎？

讓三月的風

撩起妳情感的裙襬

---

14 原收錄在劉三變：《誘拐妳成一首詩：劉三變詩集》，自印本，2008年10月。

或用春天的手
輕撫妳柔嫩的心靈
再緩緩地誘拐妳
誘拐妳成一首詩

〈難過〉[15]

水流湍急要走向對方
沒有橋　難過

妳心門緊閉
感情走不進
想法沒有交集
情愫無法會面
愛情沒有橋　難過

想回頭離去
淚水卻在眼眶裏繾綣、徘徊

不過橋了　以為就不會難過
每每孤單想起
感傷似河水暴漲　淚水開始湍急……

---

15 原收錄在劉三變：《讓哀愁像河一般緩緩流動》，臺北：一人出版社，2019年9月。

〈失憶的人生尾巴〉[16]

失智的歲月
失語無言

失憶的頭腦
長著失意的人生尾巴

牙齒脫落已經無法咀嚼快樂
無法吞嚥那麼一丁點悲傷

只能用鼻胃管進食寒冷的冬天
用抽痰器抽出遲滯濃稠的晚年

雙腿無法行走只能坐一種椅子
——輪椅

長期臥床必須左右輪流翻身
身體翻身
健康卻無法翻身

---

16 原收錄在劉三變：《讓哀愁像河一般緩緩流動》，臺北：一人出版社，2019年9月。

〈上邪

──給M〉

我不會離開妳除非

魚都在天空飛

鳥都在深海游

夜晚出現太陽

白晝一片漆黑

麻鈴薯生在樹上

土裡能挖到葡萄

雪的溫度是熱的

火會令人感到寒冷

河都往高處流

石頭能在水上浮我才敢

離開妳

詩社成員合影

人間魚詩社專輯

「人間魚詩社」應該是二十一世紀最年輕而有活力的詩社。她出現了臺灣一般現代詩團體成立過程的相異路線,不是依靠社員社費與政府補助,卻是「人間魚」品牌創辦人的企業完全贊助,純任詩社自主發展。企業贊助人許麗玲看出,「詩」具有文字最大的純粹性與無限延展的黃金質地,因而,她挺身而出,讓「人間魚」在人間自在而優游。

人間魚詩社專輯前言

蕭　蕭

明道大學退休講座教授

　　就二〇二一年的春天來看,「人間魚詩社」應該是二十一世紀最年輕而有活力的詩社,二〇一八年底成立網路社團,發行月電子詩報,二〇一九年八月出版第一本季刊,第二年完成「第一屆人間魚詩社年度詩人金像獎」評選暨頒獎,二〇二〇年十一月二十八日,成立「台灣人間魚詩社文創協會」,準備發行「人間魚詩生活誌」紙本季刊。

　　我選擇「人間魚詩社」作為新世紀新詩社觀察,階段性的最後一所,是她出現了臺灣一般現代詩團體成立過程的相異路線,通常詩社依賴社員社費支撐編務,而後申請政府補助以延命,「人間魚詩社」卻是「人間魚」品牌創辦人的企業完全贊助,純任詩社自主發展。企業贊助人許麗玲是臺灣傳統中文系畢業,跨界法國高等研究實踐學院而為宗教學博士,再跨界歐洲傳統自然療法,創立天然護膚保養品牌,她看出作為創作文體,「詩」具有文字最大的純粹性與無限延展的黃金質地,這種屬性跟超濃縮的純精油相同,因而,她挺身而出,讓「人間魚」在人間自在而優游,還帶著香息。

　　「人間魚詩社」背後的靈魂人物是詩人石秀淨名,白楊說他是喜歡行走在「或者」與「曾經」的禪人,禪人的思維或許也有另一種層

次的純粹性與無限性，若是，「人間」的現實面，「魚」的悠遊可能，兩相結合的「詩」的特質，或許可以被激發。

這次專輯，詩社副總編輯黃觀的〈我看人間魚詩社的未來〉，主編吳添楷的〈人間魚詩社的回顧與觀察〉，對於年輕的詩社，有著史料的翔實記錄。其次的篇章卻開向詩創作所追求的詩的極限，關於初禪與今果，虛無與實體，生命的主旋律與變奏曲，生與死的糾葛，小載體的大哉問，顯然已開始展現「人間魚」游向詩之大海的姿勢了！

台灣人間魚詩社文創協會成立大會

純粹與無限

——「人間魚詩社」創立小記

許麗玲

「人間魚」品牌創辦人

　　我從什麼時候開始喜愛文學？應該是小學二年級的暑假吧，那年暑假我在家中的床底下發現一箱已經翻閱到缺頁破皮的童話故事。

　　家中五個小孩，我排行老四，那個没人理會、獨自一人的小二升小三暑假，除了吃三餐之外，我就沉浸在那箱書中。有些字没學過，但是大部分的童書都有注音，最後發現認得的字大大增加，於是整箱書都被我啃讀完畢。但是暑假還没過完，於是我開始一頁一頁慢慢翻讀，同時也著手寫自己編造的故事。

　　我忘了寫的是什麼故事，但記得除了寫故事還剪貼報紙上的圖畫，暑假快結束時，才發現暑假作業全然空白，再怎麼努力也無法完成。

　　我的童年對文字及故事是處於永遠的飢渴狀態，我會巴結及哀求幾個家中童話書豐富的同學讓我去他們家看故事書；我也愛去小鎮長老教會的兒童主日課，因為主日課結束後，可以到圖書室去翻閱童書，浸泡在那一整排的世界童話故事於我無異天堂樂園。

　　迷上報紙副刊是國中的事，言情小說也是當時無止境地追尋目標，我常在放學時順道去同學家借出一本，快速閱讀後在晚餐前走回

同學家還書。快速的閱讀以及半懂的言情世界激發出早熟的心靈。

高中時，我的文字飢渴每況愈下，書店裡、同學家，只要是成篇的文章，不論是什麼，哪怕是一小張舊報紙，我都會狼吞而下。

如果文字具有實質，那我可能會是個消化不良的傢伙。不過，我發現再多的文字也無法讓我饜足。

感謝國小二年級暑假的那箱破書。我的生命從此有著一處閃著亮光的出口。不論是家中父母失和、學校同儕與老師的不認同或是青春期對人生的徬徨，文字的世界是我的避風港。

大學總算念了中文系，我的課業一樣時好時壞，只要是詩詞、小說、戲劇等純文學的課，我是飢渴難耐地坐在第一排，大口大口吸取老師餵食的營養。但其它如聲韻、版本、文字、訓詁……，我則一概無法融入。

大學畢業後到了法國，一個全然陌生的國度，當年除了工作之外，我常常是孤獨的。還好，巴黎有間中文書店，這書店主要是以簡體中文書籍為主，書價便宜，一套二十五史才要價約臺幣三千元，當然，當年的我還是買不起，但買了不少筆記小說、詩詞以及現代小說，也看了不少簡體字翻譯的歐美文學。

位於巴黎第十區的鳳凰書局陪伴我漫漫異鄉孤絕的歲月。

進入研究所後，我的閱讀出現大量以中、英、法文撰寫的學術論文：文化人類學、心理學、神秘主義、宗教學……，大部分時間這些文字被我生吞活剝，還來不及充分消化就反芻成我的學期報告。

我用求知的熱情閱讀學術研究的文字，十多年研究所及博士班的歲月，不論是艱深難懂的英、法書籍或是漢學相關的典籍，我都沒有任何遲疑地強吞下肚。不過我仍然在這些深澀的文字中找到許多令人著迷的樂趣。比如說當我一頭栽進佛洛依德心理學的「意識」、「潛意識」、「依底帕斯情結」、「壓抑」、「抗拒」時，我不一定能完全理解每

個辭彙的意涵，但是字詞對我而言好像是一扇門，門後面是各式讓人心沉浸的情境，我發現文字本身不論何種語源，都是心識活動重要的鎖鑰！

拿到博士學位後，我也在大學教了幾年書，後來離開教職自己創業。如果說前半生的興趣是閱讀與思考，那麼後半生的樂趣應該就是創業了。

當年撰寫博士論文時，指導教授要我去參加一個與論文沒有直接關連的課程或活動，如此才能跳脫一成不變的學術窠臼，於是我上了一年的歐洲傳統自然療法課程。沒想到當年的無心插柳成了後來創業的源起。

二〇一一年，我開了一家公司，創立天然護膚保養品牌「PEOPLEFISH人間魚」，從學院的教職轉入商場，每天都是新的挑戰與考驗。如何自由、堅定地行走在創業的道路上成為一個巨大的課題！年輕時，可以隨風而動，意願朝向哪兒，就往哪兒行動，即使有諸多障礙，仍然覺得可以自我支持，往前行走。但是，年過五十才創業，不但將努力了大半生才獲得的學院教職完全拋下，同時，也看到自己的體力與腦力隨著歲月逐漸流失。我的懷疑日漸增長，壓力與恐懼如影隨形。記得無數的夜晚，我獨自留在公司，利用夜深人靜時，可以不受打擾地研究配方、調配香氣。當我從倉庫中拿出一罐罐從世界各個不同產地採購來的精油：印度的粉紅蓮花、非洲的乳香、沒藥；埃及的橙花、普羅旺斯的薰衣草與百里香……。我的鼻子忙著捕捉各式各樣的氣味，我的心也隨著香氣飛揚，我似乎可以感受到陽光照在花朵及葉片上，甚至依稀聽到草原上蜂蝶飛舞的羽翼翩躚。在這個珍貴的片刻，我的身心再一次地被來自大地的氣息所療癒，創業艱難的壓力與疑懼在這個當下不具有任何的重量與意義。

來自大自然的香氣對我而言就好像兒時床底下那一箱童書，我一

頭栽入，樂在其中，每一個香氣如同文字一般令我著迷，有些氣味甚至還帶著色彩與線條，例如來自印度的粉紅蓮花、白蓮花與藍蓮花，因著顏色不同，氣味也各異。而蓮花的香氣還帶著一道道向外、往上延伸的線條，氣味從鼻腔串入，線條彎延往上擴張在腦海中。我沉迷在調香的樂趣中一如年輕時沉醉於文字中。

我常思考，「人間魚」作為臺灣的網路品牌，除了商業行為之外，還能夠與這個社會作什麼對話？

二〇一八年底「人間魚詩社」出現在網路世界，令人驚異的是不分白天黑夜，甚至凌晨兩、三點都還有詩友創作投稿。

贊助詩社主要是因為『詩』作為創作文體，它可以同時展現文字的純粹與無限可能，這與芳香療法中的純精油屬性相當，超濃縮的純精油也同時具有植物的純粹性與無限性。

網路時代，人們的寫作與閱讀習慣也大幅改變，『詩』的格式也十分適合手機螢幕的閱讀與撰寫，這也是其它文體所沒有的特點。

回顧大半生，文字提供給我的支持與創造靈感無法言說，我希望能盡一己之力，以品牌贊助詩文創作，透過文字，無論是哪一種形式，我永遠可以感受到它在提醒著：生命的短暫及其無限可能。

我看人間魚詩社的未來

黃　觀

人間魚詩社副總編輯

一句話、一個構想，人間魚詩社就此誕生

　　人間魚詩社是從石秀淨名的一句話成立：「讓我們來成立一個詩社吧」開始，於二〇一八年底成立網路社團。詩社的主張明確，提倡鼓勵詩文藝術創作，提供發表的平臺。不只是建構網路平臺，還包括發行月電子詩報，紙本季刊。第一本季刊在二〇一九年八月出版，經過一年多來的詩作累積，終於在二〇二〇年八月十六日舉辦了第一屆人間魚詩社年度詩人金像獎頒獎典禮，向持續創作的詩人們致意。

　　二〇二〇年十一月二十八日，「台灣人間魚詩社文創協會」召開成立大會，宣示著人間魚詩社從網路詩社踏入實體組織，而《人間魚詩生活誌》紙本季刊，也於同年取得國際標準期刊號（International Standard Serial Number，簡稱ISSN），從此詩社的紙本及電子季刊可以正式進入市場，在網路世界裡的詩歌正式成為市場商品傳銷。

　　網路平臺是川流不息的，虛擬或是真實的身分交錯，創作不息，二十四小時都可以投稿互動，以文會友，網路社團的特性也是如此，交錯、閃亮、消逝，而網路創作也是如此。從時間及空間的縱軸及橫軸看，美好的作品才能夠留下痕跡，創作在這世界裡的精彩，不能沒

有人為它留下道路。

美麗與浪漫，遊戲與嘆息：「詩」是副總編的日常

　　我是一個藝文素人，欣賞文學但未曾進行創作發表，但文字對我來說並不陌生，閱讀帶給我許多美好時光，陪伴我度過最青澀莽撞的少年時代。在許多時候，沉浸在文學的世界裡就是一種喜悅，是最重要的精神食糧。詩對我來說，是精鍊的文字，將文字倒裝、錯置、交疊排列，抒發看法，表達感情。常常詩是一種美麗、一種浪漫、一種遊戲、一種嘆息、一種時空國族的音韻。往往幾個字，就能讓人玩味再三，心領神會，使人低迴，要人壯闊，全憑詩人下手就成了。在加入人間魚詩社以後，每日詩人們的投稿、分享，都會躍出手機螢幕與我相見，受益於臉書的演算法，讀詩成為我每日的日常，就這樣開啟了與詩結緣的旅程。

　　我在詩社完成第一屆人間魚詩社年度詩人金像獎頒獎典禮以後，擔任了詩社、詩生活誌的副總編輯，發現在詩的領域裡探險，非常有趣。例如獨行詩、詩接龍，都很好玩。而每月的主題徵詩，像是一種對生活和生命行使的注目禮。重要的是，人間魚的版主們，各有特色而且年輕，各有想法，難怪會獲得優秀青年詩人獎。

　　在詩獎後，我安排了第一屆人間魚詩社年度詩人金像獎得獎者專訪，打破了我對詩人的想像。游鍪良老師[1]，像是位俠士劍客，在訪談的過程中，游老師豪邁吟詩些許低迴的畫面動不動躍出；而無花[2]的理工背景並未限制他對詩領域的創意發想；語凡[3]是一位專業會計

1　第一屆人間魚詩社詩人金像獎得獎詩人游鍪良得獎感言，參見附錄。

2　第一屆人間魚詩社詩人金像獎得獎詩人無花得獎專訪自述詩作，參見附錄。

3　第一屆人間魚詩社詩人金像獎得獎詩人語凡得獎專訪自述詩作，參見附錄。

師，可是他熱情的投入創作，詩人反而是正業了，工作倒像個副業。那麼任何人都可以是吟唱詩人，只是自己不知道罷了。我雖然不是詩人身分，這樣看來反倒不是限制，反而是一種借力使力，可以如魚兒優游人間的自在探索。在未來詩社的發展，可以更多元，可以無界限。

詩的文藝復興！年度詩人金像獎獲詩友、學者、作家們肯定

「人間魚詩社年度詩人金像獎」的想法是從創社之前就已構築，獎項的目的是用來向筆耕不輟的詩人們致敬。與一般文學獎項不同的是，這個獎不是以一篇創作來評比，詩人們要整年筆耕不斷，獨自走過漫漫長路，不以一時，而是以詩的整體品質、數量、積累長短詩、多題材、跨語種而成。人間魚詩社強調，入圍就是得獎，一整年長跑的入圍詩人們，人間魚詩生活誌會專題報導詩人群像，邀請每位詩人發表入圍感言，提出十個問題並繪製入圍者頭像，以留下歷史紀錄。

金像獎獎項競爭激烈，投稿於社團的詩作必須通過版主們初審於月電子報、外部評審複審於季刊，方得進入決選。重要的是入圍詩作以匿名編號進行決選，最後的外聘評審於決選時只知編號，並不知道身分，要到頒獎時，才知道得獎者是誰。[4]

第一屆決選評委邀請綠蒂、蕭蕭、孟樊、楊宗翰四位具備詩人、學者、詩評家身分的大作家評委，他們也被詩社的用心感動，願意擔任常態評審，為詩獎嚴選把關[5]。第一屆金像獎頒獎典禮的籌辦，從獎座、獎狀設計、場地、布置、手冊、海報到典禮流程，極端用心，還特別邀請了專業主持人擔任司儀。頒獎典禮證明了人間魚詩社創設

4　見呂振嘉：〈詩獎點滴〉，參見附錄。
5　見蕭蕭、孟樊、楊宗翰三位評審感言，參見附錄。

所提出「詩的文藝復興」的認真投入，也獲得了詩友的肯定。

人間魚詩社對年度金像獎詩人得主承諾，拍攝詩電影及出版詩集。我幾經考慮後，決定邀請年輕導演郭潔渝及年輕詩人施傑原，來擔當詩電影拍攝及詩集主編重任，這既有文化創意開創的意思，也有些許傳承的味道。詩電影以影像音聲詮釋詩作，詩集有紙本裝楨更顯風格。導演郭潔渝作品跨攝影、電影、影像藝術，她的影像多變，大膽鮮活，用色綺麗有企圖，年輕藝術之路正開展中；年輕詩人施傑原甫於二〇二〇年出版個人詩集《不見而見》，依他自述，是於二〇一五年季春之末，誤闖現代詩的國境，他的作品多項刊載收錄於各報章雜誌，為年輕一代正嶄露頭角的優秀詩人。

二不三主張：一心服務詩人，提倡「詩文化」，與土地關懷結合

對於詩社的未來，我提出「二不三主張」。詩社二不，不向詩人收費，不讓詩人自掏腰包營運社務。我們一心服務詩人，矢志讓人間魚詩社年度金像獎成為指標性獎項，我們將為優秀創作者出書、拍攝詩電影、甚至提供獎金，讓詩人安心創作。詩社三主張，一、讓詩社成為創作者的培養土，搭建虛擬與實體平臺，提倡社會贊助風氣、發展文創產業；二、提倡詩的文藝復興，讓詩風遍布島嶼內外，讓詩文創作深入現代社會生活，豐富社會心靈；三、詩不只是創作，也是一種詩文化，文化就是生活，人文、族群、土地，這是人間魚詩社所關注的層面，與腳下土地的結合，關懷社會，原住民文學也會是我們另一個關注的重點。

人間魚從網路虛擬社團已走向實體社團法人，可以申請政府補助，進行社會企業募資，以為藝文推廣、為人文社會土地關懷奠基。

人間魚詩社在我任內，年度詩人金像獎將成為指標性藝文獎項，一如人間魚詩生活誌所標示的詩生活三個字，我們將深度的廣度的企畫編輯，採訪詩人的生活、詩人閱讀、詩人工作、興趣、理想、詩人的性別社會關懷等等議題。另外詩生活誌將開闢專欄，關懷腳下的土地，民眾的生活。人間魚詩社將進入臺灣三百六十九個鄉鎮，串聯獨立書店，讀詩、推廣、帶動藝文風氣，不只是城市，也會到偏鄉，進入生活。運用網路媒介與世界各地詩人進行交流，未來也會舉辦國際研討會，進行對話，分享創作經驗。

我認為，網路快速與無隔的特性，每個人都會是創作者，優秀創作可以迅速被看到，甚至成名，因為網路的特性，資訊量龐雜，人們很快就被各項訊息所淹沒。所以，我對人間魚詩社的期許是，從大海中撈出寶貴珍珠，讓世人看見；同時詩社也是詩文的孕育者，如同大海，生生不息，讓人優游，如同大海之戲人間之魚。

附錄

（一）第一屆人間魚詩社詩人金像獎得獎詩人游鍫良得獎感言

〈人間魚金像獎〉游鍫良

詩在路上徘徊，有心人會撿回家勤磨。掛在嘴皮子的泡沫，很快會被風乾。我們用心練劍，無非就是要留下美麗身影，以告多年心血。

搭一座橋，可方便人間穿梭，但是要聚集多少各路英雄好漢相拱為蒼生。弄一個詩社，要支付的錢與精神如同打一座天梯，才能瞥見李白的後設背影。時間無情的游過青春歲月，也老實地提醒匆匆。

一輩子就蹲在大甲溪與大漢溪旁垂釣，不怕細雨強風，也不在乎

西北雨強烈曝曬，四季緩緩植被我的身心，刻上變形的面渠。終於幸運的釣上魚，一條人間超級大魚。看著溪中優游的釣桿，相信「有為者亦若是」。

〔後記〕這個人間魚金像獎是經由漫長的一年耕耘，才驚覺甘露的可貴，在我心裡，超過時報文學獎，聯合文學獎，林榮三文學獎……等等任何文學獎。僅次於諾貝爾文學獎。

（二）第一屆人間魚詩社詩人金像獎得獎詩人無花得獎專訪自述詩作

〈弄蛇術〉　　　無　花

——描摹彼此生命中一帖響尾的圖騰

父親的晚年是寄生病床的蛇
日子蜷縮在墓穴前
反覆忖度身上淡去的
柔軟的蛇印

兀自吹響黃昏的竹笛
一捲一捲吹開老厝棚架上攀爬的錦屏藤
他蛇過我童年的遊樂場
手指舞弄音符。更多時候我僅是一條
竹簍內聽從指令的毒腺
強行剝去身上透明的鱗片
不時提醒光滑膚質下
時光悄悄收割彼此致命的毒液

父親攀纏我逐漸成熟的性別
冷血的眼色作出廣角度的開合
以龜裂視力
蠻鞭細小及較為易碎的骨骼
我們無時蛇行對方的肉體
無刻盤糾對峙的手勢
直至失去四肢退化了感官
我終究長成比父親身型更為龐大的獵物
讓他無法全面吞食我多元的未來
不再畏懼他吐信；揚起的脖子
無足的攻襲

父親的晚年更像空心的牙
被剔除毒囊，剩下鱟脆的外殼
我們卵生的關係已停止被孵化
不再為彼此蛻皮
偶爾我也想從他身上的洞
鑽入童年，鑽回他體內窄長且溫熱的巢
取回竹簍內
時光沒收的彩色玻璃彈珠

父親消失的身體遺下一抹蛇影
當我面向太陽的時候蛇隨身後
偶爾夢中朝遠行的黃昏揮手
謝別歲月皺皺的蛇皮

（三）第一屆人間魚詩社詩人金像獎得獎詩人語凡得獎專訪自述詩作

〈作者〉　　　語　凡

1　躲藏

他躲在書裡頭
有一行是他的地址
有一個字是他愛用的
有一些句子是他給你的

告白，祈禱，偷偷的愛

他冒出來一下子
又沉入文字的深淵
抓幾個日常
編成有韻律的幾行

不想你輕易知道
你著急時就隱匿
最好你抱他入睡
讓字句在夢裡
重組排列

某一個字是鑰匙
某一個是他留下的暗示

在某個夜裡
找到他的素顏
必是
螞蟻遇見糖果

2　讀詩

我把書翻來翻去
作者被我搬來搬去
一下快樂
一下憂鬱
一下從少年到
日暮的光景

有幾個字掉出書頁
有幾聲嘆息逃出窗外
有些秘密我已看見
作者也許以為
深埋土裡

我在他的土上澆水
一下就長出
一棵語言豐富的樹

這個秋季
就吃它落下的
詩句

（四）〈詩獎點滴〉呂振嘉

　　「此次比賽舉辦理念見於時間、語言、行數三點。就時間而言，詩人的『長跑』不只意味參與了為期一年的詩獎，更是一種詩社對於詩人們的期許，期許詩人藉由持續地精進詩藝讓更多人看見更多好詩；就語言而言，以雙語發表詩作者有羅拔、游鍫良、郭文玄、鐵人（香港）等詩友；就行數而言，短至獨行詩徵文、長至四十行來稿。從這三點看來，足見詩友們的踴躍參與。

　　為實踐以上理念，石秀淨名老師與許麗玲博士一本推廣文藝的熱情與初衷，提供了籌辦詩刊、比賽的建議與資源，版主、編輯同仁們亦積極籌辦此次比賽，而最重要的當是認同如此理念的詩友們的熱情參與，讓評審辦法中的「但願詩風再起，讓這塊土地無時不刻都遍布著美麗的詩作」成為可能。

　　這次比賽從人間魚詩刊創刊號發行前便開始籌備，包括月報的版主選稿、編輯初審，到季刊的社外老師複審，最終交由綠蒂、蕭蕭、孟樊、楊宗翰四位具備詩人、學者、詩評家身分的老師們進行決審。

　　初審階段，月報的選稿、集稿、評稿由同仁們完成；複審階段，第一期交由劉正偉、余境熹、寧靜海三位老師評選，第二期交由迦納三味、謝雙發、阿鏡三位老師評選，第三期則交由黃憲作、陳謙、季閒三位老師評選；決審則由我統計、彙整入選詩作，交由四位評審老師匿名評選。從來稿數看來，這三期通過初審的作品分別有三百〇三、二百三十八、三百五十四首，共計八百九十五首，通過複審的作品則分別有一百〇四、七十九、六十首，共計二百四十三首。」從投稿者看來，則參賽詩友共有七十七位，入選季刊達六首者分別是詩友、刻蕾、成效華、胡同、林錦成、許哲偉、胡淑娟、黃擇、無花（馬來西亞）、葳妮、游鍫良、漫漁、語凡（新加坡）、謝祥昇、銀子、謝美智。

（五）評審感言

蕭蕭老師七號詩人推薦語

　　七號詩人有一種穩重而實在的表達基礎和策略，不是隨興書寫，隨口吐露。如第二期季刊的「2-1」到「2-4」，彷彿就是詩的幾度宣言，〈波光粼粼詩後詩〉以魚在水中的自在，表達自己能寫詩、能傳達的愉悅，這就是所有詩人寫詩的最真的初衷。〈蒸餾一缸李白〉，則以誇飾的語氣傳達詩是從一畝田的穀糧轉化為一缸香醇的過程，令人讚嘆。〈一路向南〉雖不明顯指向詩的寫作，但那種一路向南尋找春天的心，仍然呼應著詩的美好。〈新詩的自由〉在袈裟、和尚的穿脫之間，虛實轉換，尤能代表詩人自身的超脫理念。

　　此外，七號詩人在此次徵集中匯入兩首臺語詩，用漢字準確傳達河洛話，是臺語書寫最正確的坦途，其中一首〈第八天以後〉，華文、臺語文同時刊載，沒有任何違和的地方，詩意不因語言而有差異，卻因語言而有不同的趣味，顯示作者功力非凡，另一首題為〈青澀的土芭樂〉，寫的是幼少時保甲路的記憶，但在都市成長的過程裡沒落，與土芭樂的唯一繫連是「彼欉土芭樂連形影攏無去阿」，還是保甲路上的記憶，卻帶出情意上的青澀感，高明的安排。

楊宗翰老師八號詩人評審意見

　　好詩應該要能打動人心，可惜現在越來越少作者懂得這個簡單道理，怎能怪讀者因失望選擇遠離？與之相較，這批詩作的創作者完全沒有此類問題，我甚至在讀到〈抓鬼〉詩末：「至於那些／長得和你我一模一樣的／有的負責被抓／有的負責流血」時，感到非常難過及全身震動，幾乎都要坐不住了。會讓讀者如此激烈有感，詩人筆調卻是一貫的淡定溫和，在此喧囂噪雜的當下，可謂實屬不易。致詩人葉

青與席慕蓉的兩首作品，兼具技巧與詩心，頗能抓住受贈者創作精髓，推薦一併細讀。

孟樊老師十二號詩人評審意見

　　第十二號詩人在三期的詩刊裡總共入選十首詩：〈她的情人叫水手〉、〈解凍以後〉、〈讀著光陰〉、〈在魚缸裡〉、〈詩意之始〉、〈本月〉、〈我是馬拉拉——給爭取上學的巴基斯坦女孩〉、〈水手〉、〈大衛男孩〉、〈他有一張床〉。由於入選首數較多，可以看到作者所攝取的較為廣泛的題材；雖然詩作指涉面向較寬廣，惟其語言之表現則頗為一致，相較於此次入選的其他詩人華而不實的語言，第十二號詩人的詩作不以懾人的意象取勝，反更能突顯其個人特色。這些詩作多半帶有敘事的味道，而其詩意則是從敘事所塑造的語境中透顯出來，不似其他詩作以賣弄驚人的意象為能事。其中寫人的幾首詩都各具特色，令人印象深刻；有些詩作如〈她的情人叫水手〉等，語言雖淺白，可帶點俏皮口吻，甚至有反諷意味，反而吸引人；而〈我是馬拉拉〉一詩，不只符合政治正確性，其三言兩語、要而不繁地表現出馬拉拉「人小志氣大」的執著，鮮明形象呼之欲出。

人間魚詩社詩人金像獎決選評審，左起為蕭蕭、石秀淨名、楊宗翰、孟樊、綠蒂

人間魚詩社詩人金像獎頒獎照片，左起為游鍪良、許麗玲

石秀淨名的「初禪今果」，
以禪論平生

白　楊

詩人

　　他是喜歡行走在〈或者〉[1]與〈曾經〉的禪人，石秀淨名以「他日坐在膝上的／四小節白胖的蓮藕／提起／放下／二朵禁錮的小小花蕾／是和風是蛺蝶」，是在充滿興味的詩中，說禪孕育而生，並身體力行。

　　他以「曾經」讓過往時間來撫平滄桑，談「或者」中，以沈默禪理來撫慰心靈，終在那煉心的「山中」獲得依靠，進而實現救贖。有如春天走閉，冬日來襲，在夜黑風高裡，危牆峭壁，萬仞千山崩於前

---

[1]　石秀淨名喜歡在詩裡放入「或者」，讓詩在不確定性裡更見禪性。

　　你應該一坐下來
　　「或者」別人一坐下來
　　便發現有什麼不同

　　彼此的差異性
　　生命氣質與可能性

　　快一點
　　是四目交接的當下
　　就明心見性了一笑

而心不懼。

在曾經裡，甦醒自己的靈魂，訴說生命過程中存在的價值，雖空泛夾雜，但漸進式的肌理辯證，內含禪理敘述，令人是充滿期待。

在《觀心十帖》說「曾經」

人老了／才真的發現曾經最美／曾經山河／曾經歲月
曾經

風光不外乎曾經／上個世界不能以一瞬是誰／見影見光的／瞳孔
等待

T恤激凸的乳蕊／你愛的人來去虛無中／自慰手指曾經為你翻動
泡沫

肉體曾經有了時光的涉入／那是風箏／漫漫／放入天空的魚線
生命

波浪／整個是披掛上陣的氣體／曾經是孩童的泥牛／眼下是無
除非相續……

日子曾經這麼翻山越嶺／縱橫山谷／好比冷泉夏日／城市昨日無
以為繼的邂逅／生命的剪裁／總歸於化外的靈手
冷鏡

曾經／某人游移陶醉的筆下／卻遺失了故事的溫度／互動的情節
情書

熄燈之後／方窗外／有你我砌成的藍色星空／曾經在蒼天有禍
留下

石頭記

風／曾經多管閒事／叫他在田埂上滑了一跤／藍衫子沾了泥巴
俳句66

你曾經是我鑽木的／星火／交歡的氣爆
靈魂的盒子

吟詠著曾經，把曾經當作是與海爭地，寫在退潮瞬間撫平的沙灘上。
石秀淨名從寫詩中，牢記永恆，把生命比喻青煙，唯有沾染思念的翅
膀，活的要有飛越海洋般遼闊的壯學，領會鏡子裡的伏流，旁白過程
的歲月。

客心洗流水，
餘響入霜鐘，
不覺碧山暮，
秋雲暗幾重。[2]

唐　李白

石秀淨名是不聒噪的禪族，也是單車少年，他髮落長夜，文字如
爆洌雲湧，書寫的詩篇如一幅清明上河圖，涓涓淙淙疊水而來。似圍
巾纏上那初冬的月桃，而衣袍繡著文人的風香。

2　特意安排此詩於詩評文章中段，有如中途休息，饒富趣味。

而喜歡行走在「或者」的禪人，這「鳴禪十一帖」蠻具代表：

一磬歪斜／專注或者直觀／始終循環
書與磬

魚／或者他物／從空中／當下躍然
除非相續……

心靈／可以化地獄／為天堂／或者化天堂／為地獄
讀他紅褐色的僧袍

有什麼／什麼驀地竄出／妳我腹中／彎曲的地道或者迷宮
靈魂的盒子

聆聽／那空無物的未來／或者當下迷戀／也或者死亡
有時候

妳說這是妳的捏造／文字的愛／戀與遊戲／紙黏土一般東拉或者
西扯
朝花夕凶

請你聆聽也或者存在／我的存在／當下也不存在
讀與寫

最終／你我的離去／會在行囊裡面放入詩歌／或者不生苔的石頭
石頭記

你相信佛陀的左眼／還是右眼／或者說你相信／佛陀的上半身／
或者下半身
　　　　　　　　男人的愛

我扮女的／或者是相對的／性別流動／肛交或者談心／撫慰／夠
了／總比躲在櫃子裡好
　　　　　　　　男人的愛

觀念的冒險／巴別塔衍生出來的翻譯／或者兩性差異的溝通／也
可能是早發性失智的現象／我
　　　　　　　　男人的愛

　　「山中八帖」，以山在心中，心在山中為依歸。喜居山中，樂讀
朝代青史，雖然自己是那模糊的身影，但挺一路孤傲於荒野，從此翻
越大師風尖，有了與禪相逢機會，讓禪在心中流動，並掌握時間傳達
詩意，傳頌在宇宙空間裡，擴散的禪如躍動的響鐘。
　　那「山中八帖」，是他莫名的情詩：

啊／五月桃／啊呀／潮濕翻翹的棧板／描出我流動的心的紋理
一塊一塊
　　　　　　　在心中

現前掉下的人影／從地上悠悠／青苔一片／秋日飄起飄過／而
累石／階梯／白色的窗／舍利塔-矗立
　　　　　　　在心中2

我必須投入未知的／愛你如升起的火／未知／然後消失／或者
浸潤無聲

在山中3

火堆溫柔／竄起白煙黃昏後的身影／烤烤蘋果和地瓜／一念／
念念／流浪在不同的星球之間

在山中4

你同時控著並纍著我的／心／說深山藏著過去／愛過我的海／
天空何其澄清

在山中5

雨在黑暗中／生出聲音來／生出思想的聲音來／生出小日子靜
好／停頓的日光

在山中6

角鴞東拐西拐掛在樹上／缺少學士帽／而你缺少口水／仰望你
逃掉／一切的面對

在山中7

山在／山不說／山不動／歲月靜好／如虛亦如空／得失啊／雜
多心情／如蜉蝣／有生物聚落／日月循環

在山中8

此篇敘述，有明知禪而不往，因石秀淨名的禪學眾所周知，既輕且厚，
既淺似深，體會其詩，禪自然表象其間，了然於心，漫漫啃之有味，

似在寧靜中慢行，似敲響魚鼓耳後的鐘聲，遠遠淺止，也正悠悠點亮佛的因緣，以沈香煙喃耳鼻舌，靜心於觀，且自在中隨一抹梅開春。

附記　〈側寫白楊石秀淨名詩評〉黃觀

　　詩人白楊書寫禪師詩人石秀淨名詩評，不以詩的字詞、架構、文學論理剖析纏繞，跳脫一般架構規範，而採以詩人直觀側寫石秀淨名之人與詩，以今禪初果為題，點出原初的心及產生的果實，如同寫詩的過程，原初的一念心而產生詩。詩人白楊說，之前是在二手書店遇到《陳建宇詩集》的，一讀相當有味道，很有感覺，對詩，白楊不一次看完而是慢慢品味。這次詩評的內容包括石秀淨名各時期的詩作，成書的有《問津》、《一絲天真可以換取》，以及近期發表於臉書社群、人間魚詩社詩刊等詩作。

　　白楊說，他認為詩是無從評論起的，看詩是用眼睛看的，他不認識石秀淨名，無從了解詩人及詩的養成形式。對石的禪詩，白楊不以禪學來談，而是以庸俗、童趣來說這些。他認為在石的詩中，「曾經」、「或者」是詩的菁華，產生一種詩的不定論，如同人生從未確定，思索禪的目的，人往那兒去？

　　這篇詩評以留大白的方式抓取禪詩精髓，讀詩以意會抽取結果、禪詩慢慢唷之有味，詩評論述遶以詩人詩作安排論述，文字自然湧現，靈感跳出。而白楊自己寫詩也會用上或者，如同山中的順理自然，繁花盛開，詩如同沒有禪學的禪，一刻意就不對味了。

　　本文之石秀淨名詩作多出於《一絲天真可以換取》，部分摘錄自《陳建宇詩集》、《問津》等詩集。石秀淨名詩作現多發表個人臉書或人間魚詩社臉書網路社團。

〈孕婦之8〉 [3]

孕WR問禪

津禪師小心
扶著肚子

停
聽
看

觀音
地藏
舍利塔
南無阿彌陀佛
應無所住而生其心……

手護後
回頭，說

日後抱在懷裡的
分明擁有一顆溫柔而萬分
雀躍的小小心臟
是雨聲是鼓點

3 原收錄於石秀淨名（本名陳建宇）：《問津——陳建宇人生禪詩集》，臺北市：創見
堂公司，1991年5月。

他日做在膝上的
四小節白胖底蓮藕，提起
放下，二朵禁錮的小小花蕾
是和風是蛺蝶

津禪師興起，喝:

娘生以前也平常，娃娃
既來之則安之

〈在山中八帖〉[4]

1
想寫一首情詩，不知道伊給誰
想寫一首情詩，給雲給霧給飛過
空了的松樹林的鳥巢
真的不知道給誰？城堡裡的公主
或許寫給孟宗竹林
內藏金色元素
巨石不可見的精靈
啊！五月桃
啊呀！潮溼翻翹的棧板
描出我流動的心的紋理一塊一塊
一塊一塊直到天幕

---

4 詩作原發表於「人間魚詩社」Faoebook，發表時間：2019年5月17日。

直到紗網裡無頭蒼蠅
被隨便倒糞的傢伙和小腿的水蛭
喚起夜裡的火堆
想寫一首情詩，給明日
未知的愛？火裡的水蛭，給事發
不填土的人，To懶散
荒繆的頭腦
因為我不知道伊給誰，或許寫給
五月桃巨石不可見的金色小精靈

2
想永遠在山中，等鷦鷯來
飛近再飛近，聽聞竹雞和水鹿
不同的叫聲，聽聞，不！驚心
現前掉下的枯木
現前掉下的人影，從地上悠悠
青苔一片，青苔一片，秋日飄起
飄過。而纍石，階梯，白色的窗
舍利塔一一矗立
就等一片海閃閃發光，在夕陽下
閃過心上的回眸，只向妳說
我想橫放在山中，冥想甚或寂滅
在雙樹的金剛的，吊床上

3
舉起一杯咖啡，在山中

飛蛾不時
造訪的時節，火
以幾塊石頭，以微濕的
鋸木和濕冷的眼神，生起來終於
撲火的危機
即化無的轉機！反之亦然。你是
空白的雪雪雪，飛似的問號一山
又一山
瀰漫在我，在溫柔的水上，一溪
又一溪
我必須投入未知的，愛你如生起
的火。未知！棲息在大地，然後
消失，或者浸潤無聲
然後──
我們很小，宇宙很大。人類就是
我倆──
生在大半寒冷
而暗黑的空無之後
現下，這是個還在唱歌，詩性的
尚未全知
卻已全能的宇宙；是誰舉起一杯
咖啡──
我瞥見你
閃閃的眼神，濕了，在火堆之外
香水散入
房間，不會縮回瓶子裡去了除非

神說有了，隨意說的
就有了
我知道你
我必須愛你，一無所有的，飛蛾
與火激烈，契入彼此似的，然後
焚燒消失，以幾塊石頭，以空白
空無的雪，聆聽和靜心......以火
以溪水
浸潤著你

4
山是我忽然
隱現的心，野豬
出沒，你幽微的意愛是陷阱
是交錯柴門的犬牙
生死全然無知
只相遇於相遇，在雲端的
自由，十方皆有你
和伊，當下的直覺，如鷹眼
靜兔
火堆溫柔
竄起白煙黃昏後的身影
烤烤蘋果和地瓜。一念，念念
流浪在不同的星球之間
滑滑手機
尋找太古的鐵鍋子，我想在棚下垂繩
吊上個勾子，S

5

你同時挖著並纍著我的，心
說深山藏著過去
愛過我的海；天空何其澄清
明鑒默契，有虹色的珊瑚礁，有我
遞上翠綠波段的希望，直到
星星
靜靜擦撞
入滅

6

雨在黑暗中
生出聲音來，生出思想的
聲音來！生出小日子靜好
停頓的月光
我躲進帳篷裡，追蹤纍石
結晶影現的水，自在的容顏
及其呢喃，哎哎！好眠來自
上天，生滅的，承擔……

7

人心晃動
行走的哀傷，天空切割了
玫瑰容顏
聲音，聲音，所有的聲音
是距離，是關係的故事。石頭

盡大地，有生命尚未消失
雲下蠍子
拔不出體內的恐懼。有男人的
腳橫出竹林外
角鴞東拐西拐掛在樹上，缺少
學士帽。而你缺少口水，仰望
你逃掉，一切的面對⋯⋯

8
山不動，山不說，山在
存在的遺忘，存在遺忘的
種種，妳花樣年華，雲下的愛慕
追尋，生滅，死生的故事
山在，山不說，山不動
歲月靜好，如虛亦如空，得失
啊！雜多心情，有蜉蝣，有生物
聚落，日月循環，一一

走在虛無的實體世界

葉　莎

攝影者與嗜詩者

　　「人間魚詩社」是一個新崛起的詩社，在網路備受矚目。發行人為許麗玲小姐，帶領一群有理想有抱負的詩人組成；社長：綠蒂，總編輯：石秀淨名，副總編：黃觀，主編團隊：呂振嘉、吳添楷、袁丞修、程冠培、施傑原、夏慕尼等匯集而成的一股清新力量。該詩社「秉持百年來的新詩運動，以美好為基準，建構『人間魚詩社』網路平臺，鼓勵創作，讓普羅大眾也能隨手觸及美好的詩文。除了定期舉辦徵詩活動、出版電子月報、紙本季刊、年度詩選之外，更期望透過第一屆人間魚年度詩人獎金像獎，提升企業贊助文學的風氣。並策畫為人間魚年度詩人得主之詩作製作成微電影，以詩歌之美結合影像、音聲，帶來更多元豐盛的藝術饗宴。」在風起雲湧的網路時代，「人間魚詩社」散發著熠熠光芒！

　　而在二○二○年奪得第一屆人間魚年度詩人獎的游鍫良，一九六○年生於臺中大雅。大學畢業之後以教授易經占卜等命理為業，也從事中醫研究。寫詩甚早，詩作散見中外詩刊報章雜誌。著有詩集《光的折射》、散文詩集《翻開影子》以及散文詩合集《躍場》，曾得過一些詩獎。我所認識的鍫良，為人篤實忠厚致力於寫詩，日日不間斷，時常以「用有限的文字，書寫無限的可能」來自勉，在得獎感言中他

這樣寫：「時間無情的游過青春歲月，也老實的提醒匆匆。一輩子就蹲在大甲溪與大漢溪旁垂釣，不怕細雨強風，也不在乎西北雨強烈曝曬，四季緩緩植被我的身心，刻上變形的面渠。終於幸運的釣上魚，一條人間超級大魚。看著溪中優游的釣桿，相信『有為者亦若是』。他說：「這個『人間魚金像獎』是經由漫長的一年耕耘，才驚覺甘露的可貴，在我心裡，超過時報文學獎，聯合文學獎，林榮三文學獎……等等任何文學獎。僅次於諾貝爾文學獎。」在這段得獎感言中，其欣喜溢於言表！我想起村上春樹在二〇〇九年獲耶路撒冷文學獎的致詞時說的那一句讓人朗朗上口的名言：「在一座高大堅實的牆和與之相擊而碎的雞蛋之間，我永遠都站在雞蛋的一側。」一個人在內心百感交集時吐出的話語，無論說了什麼，必定是最動人的肺腑之言。

　　鰲良的詩是屬於生活與心靈的，我在網路讀鰲良的詩，時常為其質樸無華的文字之外散發的淡淡光華而感動；在這篇文裡我將陸續介紹他的幾首詩。在〈名之背後〉這首詩裡，書寫的正是目前如火如荼的新冠病毒，全詩如下：

〈名之背後〉

　　今天一定要把名字藏好
　　怕被風洩漏口音
　　雲會強力拘捕
　　罪證是影子翻越一道牆
　　寫著自瀆

　　今天已經藏不住名字

手腳顫抖了冷冬
楓紅掩飾不了幽微
村路蜿蜒的像固態血管
每一寸都沾染病變

我要對名字告解
貪婪汙衊你的單純
驛動的靈魂拖著疲憊的心狂奔
請在最後一個音節
斬斷庸俗邪思

請將我的名字棄沉在最深海域
那個沒人看得到的偏遠
用幾朵遺落的雪花向天空揮手
我們不搭調的曾經

書寫疫情的詩，這首算是比較脫俗的一首，結構簡單俐落，文字婉轉，心意溫柔，雖然題目和內文皆不明白書寫主旨；但首段以今天開頭，第二段也以今天開頭，只是一天之內先是想將名字藏匿，名字卻難以藏匿，病毒傳播之迅速讓人驚心！第二段中「村路蜿蜒的像固態血管／每一寸都沾染病變」線索明確，即使不提新冠病毒，讀者自能從詩中的季節描述和埋藏的線索中理解。第三段和第四段中則以病毒之心自述，真誠對名字告解，並甘願將自己的名字棄沉於最深的海域，流放到無人看得到的偏遠，名無罪，是以名為標記的病毒有罪，詩人心慈，以詩為病毒之名尋求一條告解之路！

〈淺嚐水聲〉

是該有些距離才方便說出滄桑
菅芒的白髮與雲都是被隱喻的風景
我們習慣用低語或暗示別過
也許還有更多的理由
遮掩不完美心態
就像月經流垂過大腿
夜夢排遺的尷尬

距離的尺寸不知該用甚麼丈量
一段時間嗎
還是以賽跑的步伐計算
也許是心中的那把
當愛逐漸執著後，固態的大腦不願迴旋
愛在客廳裡打噴嚏不拿衛生紙
愛在電視機前面打呼給主持人看
愛在上完馬桶後不願掀起蓋子

一切都為了習慣找藉口
習慣成為一個靜默的石頭
不被擊碎的頑石
雖然他用許多聲音來引起你的注視
不管是腰痠或背疼
失眠後的一些怪誕
像豪吃一大碗後，告訴你他沒食慾

菅芒很秋天

風不只會吹走記憶

還會將白雲挪移

暗示也是一種象徵

為何不能寫幾篇

我正走向頑石的邊境

慢慢地要去體驗那場固執

也許還會將雙腿擱在茶桌上

時間畫圓，雙肩擺盪

沙漏吞噬空間

誰在密度裡驚逃

距離關不住一場歲月風暴

當熱戀，距離只有一盤蚵仔煎的路程

當面對兒女，距離放棄理想的伸展

當眼角回望時

聲或影都足以讓眼眶濕潤

木魚沉靜你的凌亂情緒

木魚敲響心的定律

木魚沒說恆河的真理

六識學無止盡

八識回頭是岸

這一首〈淺嚐水聲〉共有四十三行，分為六段，書寫歲月遞嬗，世事挪移，以一種光陰行走的距離來書寫，以歲月之後身體發出的抗議之

聲來書寫，既回望遠走的一切又在詩末描述現在的生活情狀；詩人欲
訴說生命的滄桑，頭上的白髮以菅芒與雲來隱喻，第一段的低語和暗
示，清晰而透徹，既表達了生命的常理，也順勢托出每一個人的青春
期，「就像月經流垂過大腿／夜夢排遺的尷尬」。第二段的前四行，建
議可以刪除，直接進入生活的樣貌並與第三段結合，這樣剪裁之後將
更俐落精彩，若一首詩是一株樹，結構語意象就是枝條，枝條過於茂
盛則必須修剪。不過這是一首漸入佳境的詩，從表象的生活圖像，凌
亂的細節中，慢慢在末段進入晚年的修行，整首詩由不停的動，緩緩
進入沉靜，彷彿被風攪亂的池水，終究將學會寧靜，讓自己如鏡；雖
然著墨不多，但在這首詩中也不宜著墨太多，讓讀者淺嚐生命的水聲
即可，題目巧妙，讀完讓人會心一笑。

〈我不須被餵養〉

每隻浪跡天涯的狗都在
尋找一塊上等肉
他們依風伴月
意圖咬住冬天最寒冷的夜

每隻溫室裡的狗都在
等待主人的餵養
他們無事只追逐自我的尾巴
何處天涯
哪裡海角
不關風月無關情

我是一隻待在蒼白文字堆的老鼠
尋覓一句經典的長聲
用盡嗤嗤的唇齒磨晃無垠的星空
倉頡越來越老
筆漬越來越清淡
直到被江中壺濤禪定
定不了眼神
回不了頭
直到文字啃噬殆盡
而已

我似乎聽到遠去的哀嘆
把我從詩中喚醒
百年沒有孤寂
池上那朵蓮花陣陣暈染香氣
送來

　　鰲良因為寫詩多年，詩技巧純熟，信手拈來即能成詩，在〈我不須被餵養〉這首詩中，以流浪狗和溫室狗以及老鼠來隱喻各式各樣的詩人狀態，這是一首隱含諷刺的詩，詩人寫詩有時是直覺的，有時是意識下的產物，屬於內在的聲音，此時世間萬象不過是意念寄寓之所，發而為文，即化為自己內在生命的搏動。

　　浪跡天涯的狗尋找上等肉，可以解讀為毫無底蘊毫無靈感的創作者尋找卓越的靈感，終究是鏡裡拈花，水中捉月，終不可得；而溫室裡的狗等待餵養，一味追逐自我的尾巴，可以解讀為妄自尊大，自我感覺良好的創作者，視野窄小淺薄，不識人外人，天外天，一心等待

乘風而飛的滋味；鍪良寫：「何處天涯／哪裡海角／不關風月無關情」將歐陽修的〈玉樓春〉中的一句「人生自是有情癡／此恨不關風與月」悄悄移植至此，既能凸顯此類溫室中的創作者擅長的乾坤大挪移技法，也在詩句中巧妙讓時間貫穿古今，是不是古今皆有這一類的創作者呢？這是不容置疑的。

在第三段中，這隻待在文字堆裡的老鼠，才是真正的詩人，他是如何寫詩的呢？「尋覓一句經典的長聲／用盡嗤嗤的唇齒磨晃無垠的星空／倉頡越來越老／筆漬越來越清淡／直到被江中壺濤禪定／定不了眼神／回不了頭／直到文字啃噬殆盡／而已」，何其艱辛，為尋覓一句經典的長句，搜索枯腸徹夜不眠，上窮碧落下黃泉！幸好在末段有了美好的結局，「池上那朵蓮花陣陣暈染香氣／送來」。詩人無須被餵養，這正是詩人最應該堅持的操守。

接下來我想介紹鍪良兩首和詩有關的題材，一是〈波光粼粼詩後詩〉，一是〈新詩的自由〉；這兩首以不同的向度描述詩之樣貌，各具風采，惟後者更勝於前者。

〈波光粼粼詩後詩〉

木訥的嘴喜歡與詩相伴
沒有光鮮的衣裳
一首單純字句游過
魚靜靜徜徉
魚尾紋垂釣往事
歷歷只是鏡前白髮
風隔著玻璃搖頭
孤單留下風聲

其實落寞是不同階段的美
魚有水
人有詩
人間有魚詩盪漾
騎著一頭魚如龍翺翔天際
快意雲遊

掏心很抽象
如同掏肺
清洗血管的暗沉
通順關節
符號各司其位
眼睛有了童年清淨

向光有人說刺眼
背光有人想掙脫
逆光是奇蹟
我們的解釋太多，人生
高度太矮

我再次乘魚的背鰭
用心將自己飄散
在一縷輕煙中
快意

這首詩中主角是一尾魚和一個人，第一段寫魚，其實魚是詩人的借
體，木訥的魚其實正是詩人自身，所以在第二段迅速引入詩人的自

況，魚尾紋、鏡前白髮、孤單、落寞；我喜歡詩中水和魚的意象，因其流動，因其游動，詩才活了起來！楊牧曾說：「變不是一件容易的事，然而不變即是死亡。」無論寫詩和生活皆是如此，放大遠觀生命如是，宇宙亦如是。

　　在第三段中詩人任由意念奔馳，人、魚和詩合一，既能入水，也能升空飛騰如龍，快意如此！詩人既掏心又掏肺，將生命中的暗沉藉由詩一一洗淨。題目既是〈波光粼粼的詩後詩〉，在這首詩中鑿良提到各種光的向度，無論向光、背光、逆光，光的移動正是心的移動，也是思考的移動。由不同的角度呈現的詩句帶給讀者的感受自是不同，所以才有「向光有人說刺眼／背光有人想掙脫／逆光是奇蹟」，讀者不妨在以後讀詩時也仔細分辨一首詩中隱隱的光的意涵。

　　〈新詩的自由〉

　　　那一天脫掉袈裟不再當和尚
　　　他說這跟寫詩沒關聯
　　　於是筆脫掉詩經的樣本
　　　他說遺落沿襲的美感
　　　然後筆看著李杜一眼不說一語
　　　假借一切虛實延展空間對換
　　　他說現代人需有現代寫法

　　　那一天開始筆不再寫詩
　　　穿起袈裟走在虛無的實體世界
　　　迷濛的腳印中
　　　石子擠出一兩紅色詩句

沿著詩經的路走去

那一天他不再說甚麼

只有李杜的眼神靜默地看著

詩經感謝了和尚的腳

石子感謝了紅色的血液

現代詩感謝了袈裟

袈裟感謝了虛實的紅塵

紅塵有急行軍啪啪走過相關的詩句

卻沒在意那是一場空間的延展

燠熱的七月

沒有一首詩能待在家裡

有的索性潛水

有的大膽去彈跳

我的詩只到大門口就被一場雷雨禁錮

和尚在笑

袈裟在笑

大樓管理員笑得最大聲

新詩是自由的，但到底有多自由？且聽鍪良在這首詩中娓娓述說。我們知道最初佛教出家人，以三衣一缽為代表，因此出家人不管雲遊何方，總是三衣一缽不離身。三衣指僧伽梨、郁多羅僧、安陀會，總名袈裟。清朝順治皇帝在讚僧詩裡這樣寫：「天下叢林飯似山，缽盂到處任君餐，黃金白玉非為貴，唯有袈裟披肩難。」足見袈裟在僧人之中的重要性和其顯示的意涵。這首詩開頭即寫「那一天脫掉袈裟不再

當和尚／他說這跟寫詩沒關聯」說沒關聯正是有關聯，詩人如此大動作，如此率性，正凸顯新詩之無拘無束，接著筆脫掉詩經的樣本又看著李杜不發一語，詩人努力擺脫詩經和古詩的意象，只因為現在詩需有現代寫法！

但在第二段中突然又來個大迴圈，筆不再寫詩，反而穿上袈裟走向虛無的實體世界，「迷濛的腳印中／石子擠出一兩紅色詩句／沿著詩經的路走去／那一天他不再說甚麼／只有李杜的眼神靜默地看著」；是什麼讓詩人去去又折返呢？因為「最美不過詩經」，對於美的領悟和理解，必由讀詩經開始；而李杜的詩，前者奔放不羈，後者沉鬱困頓，無一不是生命的深沉寫照，更是現代詩人的美學養分。

在第三段中詩人營造的關聯饒富趣味，「詩經感謝了和尚的腳／石子感謝了紅色的血液／現代詩感謝了袈裟／袈裟感謝了虛實的紅塵」不停堆疊的層次和推進，加強了這首詩的節奏和音樂性的美感，然而，正如同接下來的，詩人企盼紅塵中的急行軍們注意到的空間的延展，大家是否注意到了呢？末段中詩人才表明寫詩的季節正值盛夏，燠熱，潛水、彈跳，雷雨，甚至到最後的大樓管理員，都是夏日紅塵中的情景描述，和尚袈裟又何嘗不是紅塵中的角色呢！

這幾天我正沉浸在達摩祖師的《破相論》中，《破相論》談的是觀心之法，直指心之奧祕，內文寫：「心者萬法之根本，一切諸法唯心所生；若能了心，則萬法俱備；猶如大樹，所有枝條及諸花果，皆悉依根。栽樹者，存根而始生子；伐樹者，去根而必死。」寫詩又何嘗不是如此呢？詩人終究是藉世間假相修鍊文字，進而將所感所知與自己的內心觀照，琢磨為詩，如此詩句必能與心靈相應，如清澈之水，入無染之境。而詩之結構意象如根如枝條，詩完成後的樣貌則如花果。根固則枝條茂盛，枝條茂盛則花果自榮。鍙良在寫詩路上不停精進，我們終將看到他不停盛放的詩的花果！

生命變奏的時光

胡淑娟

臺北市立第一女子高級中學退休教師

　　淑娟生活在新舊更替的年代，價值觀的差異造成婚姻生活的衝擊，對當年深陷愛河的我是一種孤單寂寞的困境。淑娟身為晚輩，無助地接受貶抑言語的冷暴力，跟心靈的壓抑。默默承受加諸自身的傷害，甚至懷疑自己的價值與自我認同。

　　然而現代女性要勇於做自己，活出自己的風格，與堅毅的形象。這樣巨大的身心衝擊，是無法斷然從記憶裡抹滅的。

　　於是淑娟想學習佛斯推著巨石，不屈不撓的吶喊。我不但要揮別原罪的巨石，也讓心中渴盼的靈魂以溫柔的方式對待周遭家人，不再複製上一代的悲劇。

　　淑娟堅持以慈悲的心懷，真實紀錄心靈的徬徨跟矛盾。時而脆弱，時而無助，時而禪悟。我深陷傷痛的境地，寫出的是對死亡的恐懼與生命的不捨，期盼走出生命中的迷霧，同時也增添療癒的反作用力。

　　至於淑娟的生命史觀，則認為徹底展現新詩的藝術與生命的哲學才能完成我的人生價值。試著以微觀而言，淑娟在修行的道路上，互為彼此的因果。而宏觀來看靈魂的意識流，那麼小我也只是肉身湮滅人在大我裡輪迴……

正如淑娟在一首詩裡所寫：

生命的那場雪
在肉身穿梭
尋找皈依的處所

血脈像河
鑽出來的冷顫
抖動回震的高頻率

再來一場雪
封住河冰裂的傷口
卻從山的指縫中流溢

死神真的從未降臨
直到生命吐出了
最後的一絲氣息

像飄然離去的帆影
漸漸成一抹白雲
消失在天際的視線裡

淑娟寫詩的宗旨要以生命的縱軸譜寫詩歌！然而宇宙又是時空至
廣至袤的橫軸！

詩篇在字裡行間要展現桀驁不馴的靈魂，吞吐日月星辰，針砭光
明與黑暗。

當淑娟承受人生不可承受的磨難，便寫下了一首詩：

〈慈悲〉

落日像一尊佛
在海的道場禪坐
洶湧的波瀾滾滾向佛奔來

琉璃的反光共振梵音
那拔高的頻率
瞬間擱淺成絕響

黃昏再也不能蟄伏
早升的星星
落下慈悲的眼淚

回流大海
因為她知道
她的淚還會重新發芽

至於日常生活裡，淑娟之所以寫詩，完全是為了抒發自己的情緒，藉著書寫文字的同時也療癒我悲傷的心靈。

淑娟的每首詩都有發想，也許是旅遊，也許是戲劇，也許受到音樂藝術的感動。姑且挑選淑娟寫的幾首詩，一一分析波濤起伏的生命如何造就創作的契機。淑娟寫詩的過程正如這首：

〈蝶就是一首詩〉

靈感從痛苦的蛹裡
蛻變
鑽出美麗的思絮

當她羽化
成文字的薄翼時
還溼漉漉的

等待一遍又一遍的
斟酌
晾乾

霎時
掌聲響起了
一陣風

一首繽紛的詩
就這麼
蝶一般飛了起來

一

　　去年造訪臺灣美術館，被李光裕的雕像作品吸引了目光。她放置
在臺灣美術館正門口側牆面的挖空處。神情安然地斜靠在線條婉約圓

潤的手掌上。任憑藍天白雲在穿透的背景流動變換，卻營造出安寧靜謐的氛圍，她（這座雕像）立即觸發我的靈感，提筆寫下了：

〈凝視死亡〉

時間偏著頭
凝視死亡
高積雲影自遠方奔來
盡是輪迴

奈何生命
只杓取一瓢水聲
即便濡染日月菁華
氤氳漫天花香
泛起的光影
仍是時空的間隙

死亡不足懼
只是生命的延續
燃燒的灰燼長出了翅膀
飛越星空的國度
生出了眼眸
穿透前世今生

無所謂風雨
也無所謂晴天了

往生歸處，如來時
皆化為虛空

二

閱讀《紅樓夢》的結尾，賈寶玉漸行漸遠，離別紅塵的當兒，不
捨再回頭，做最後的凝眸。深知因緣轉身就是涅槃淨境，消失在冬雪
白茫茫的一片。這是多麼令我嚮往的純潔乾淨的大荒，一切可以回歸
太初！於是淑娟寫下了這一首：

〈雪的原鄉〉

妳暗戀雪
已經很久了
其實妳早知道
雪本就長著死亡的顏色

雪是生命的陷阱
距妳最遠的才是最近
甚至謊稱
永遠不會到來

且將耳朵
悄悄地關起來
妳要用妳的全心
聆聽妳的鄉愁

即使遺忘了遺忘
憂鬱的靈魂
遠遠的就那樣盯著妳
依約鋪成了雪

三

有一年與家人拜訪一間廟宇，供奉佛祖的舍利。

透明圓潤的舍利讓淑娟嘖嘖稱奇。同時心中暗暗祈願：死是生命
的延續，像是凍結千年的聲音還會融化。因此完成了下面這首：

〈祈願〉

我願是雪
是千山裏翻騰
不斷湧現慈悲的蓮花
凍結千年的聲音還會融化

死只是生命的延續
燃燒的灰燼長出了翅膀
飛越星空的國度
生出了眼眸
穿透前世今生

通往天的層層階梯
沒有分分秒秒刻成的皺紋

只有鳥的回音
鳴一聲通關密語
瞬間調整了千年時差

四

二年前住院治療，連續高燒四十二度不退。突然警醒的靈魂告知淑娟必須先說聲再見，以免休克昏迷來不及說⋯⋯

〈先說聲再見〉

縱使妳是蒼穹
怎能抵擋星塵的墜落
妳是斷橋
怎能攬住寂冷的月光

縱使妳是荒漠
怎能力挽狂暴風沙
妳是殘岸
怎能留住浪花

趁著時間的黑洞
還沒吞噬人影
落魄而警醒的靈魂
先說聲再見

五

生命無法重來，死亡也只能一次。於是揣想在夢裡親臨死亡的幽冥境界⋯⋯

〈只有在夢裡〉

從來沒有死過
只有一次
在夢裡

山凹水窪
是浮雕的棺槨
於斯冥想一生煙雲

殘餘的死亡氣味
吸附著花香
又開始輪迴的遊戲

月光淋漓的濤聲
驚裂眉眼，睜開雙睫
似藍色蝶翼飛出了夢境

死了以後
妳將幽幽的神魄
摺為　蓮花的瓣膜

權作一盞水燈

流放在黑夜的忘川河
發散出幽幽的光
藉以引渡
相同寂寞的亡魂

六

　　想像淑娟離世之後，一方面希望世界正常運作，另一方面又不希望他們深陷離情，過於悲傷。姑且揣摩親友們進退失據的心聲，寫詩一首……

〈之後〉

妳離世之後
千風就多了一種顏色
綠了草原的思念
白了山巔的悲傷

妳離世之後
寒雨就多了一種聲音
如燭芯的暈眩
如斷弦不忍的撕裂

妳離世之後

飛雪就多了一種魂魄

細羽墜落的苦澀

覆蓋蒼老中的絕望

雖然妳說

這一切

都是最好的安排

春天卻沒有甦醒的未來

七

親友故舊一一凋零，在送別的喪禮儀式中，總會想到黛玉說的「儂今葬花人笑癡，他日葬儂知是誰」。同樣的，淑娟被送行是該充滿悲傷，還是欣欣然歡送淑娟逆光飛翔至下一個新生？茲為此疑惑寫下這首紀念：

〈送行〉

妳是傳說中的月光

蒼老失語

費力垂釣一尾記憶

像個啞謎

然而時間是乾涸的蛇蛻

任由記憶的鱗片鏽蝕

雪地裏休眠

動也不動

這一生自鼻翁張闔的開始
死神，就像個無臉之人
在妳身邊沒走
虎視眈眈，仍在逗留

如今妳悄無聲聞，更漏盡了
欲擺度無極彼岸
星光黯然，宇宙遂為妳
舉辦一場銀河喪禮

那是末日燃燒的極致明亮
死亡的另一端
將有新生
妳預見了飛翔的逆光

八

　　淑娟經常與家人討論我離世後，這世界依然正常運行，所以不要太悲傷，沒有人是無可取代的。如果真的悼念我，代之以悲傷的是如常的生活，或是寫一首詩也可以。淑娟的心態早已定定，準備好了。如下面這一首：

〈如果悼念我，就請妳寫一首詩〉

最後一次相見
我的臉龐閃過一枚幽靈
好像花裸裎的容顏
被魅影遮蔽

通向死亡的隧道
好似深喉裡的黑洞
綁架遠端的微光
喑啞的聲音發不出來

肅靜的靈堂裡
沒有聒噪的人聲
只有凋謝的菊
孤獨的遺照逕自寂寞著

如果悼念我
就請妳寫一首詩
以意象以隱喻，蓋棺論定
我絢如夏花，靜如秋葉的一生

九

　　想起了日本的千風之歌，擔憂我的家人太過思念，預先寫好了這一首，當他們仰望星空，看著雲端，就有了思念的依憑：

請別在荒野尋覓
黃土上
沒有新生的青色髮絲

也別在墳塋徘徊
霜冷露寒裡
沒有飛舞的流螢

我早已走出畫面
不再是妳心中
停格的風景

有一握海沙
悄悄地乘著接駁的浪花
褪去了細身，化為千里長風

浩瀚星空
將是未來的網址
雲端也有我今生的備份

十

　　某年摯友突然罹患膽管癌，發病確診至癌末僅僅半年多的時間。
淑娟趕緊趕至林口養生村探望她，心中無限感傷，特誌詩一首：

〈探病〉

此刻，夜像一塊黑板
喜歡黯沉
即使用盡了所有的粉筆
那些飄落的筆灰
也無法將黑夜漂白

而妳則化身
成另一種海中的生物
一口吞進藍色月光
眼睛是閉著的
看不見自己的陰影

變形了的頭
是長滿斑點的蕈菇
以　貝殼為耳聆聽流動的潮汐
以　蝶翼為手奮力潛泳
脫離被火燃燒的海域

妳不怕海水浸漬
因為　全世界都在下雨
窒息的眼淚溶入了更鹹
慢慢地像海草般枯萎死去
靈魂卻泡沫般緩緩漂離

十一

　　淑娟欣羨道家的哲學觀，應用到人生就是看空與看透，因而逍遙自在，寫詩一首：

　　〈花的墳場〉

　　時光長出了翅膀
　　飛過了殘破的山
　　掠過了憂傷的水

　　叼不住雲影跌落的眼淚
　　卻墜入了花塚
　　春天的墳場

　　切開寂靜
　　聲音的羽毛飄向滿天
　　那是太陽照不到的地方

　　鳥也不會鳴唱的冬天
　　遂剪下一朵嘆息
　　與花一起冰冷，華麗的埋葬

十二

　　古人逝去，有一個沿襲的習慣，就是將蟬的模型置入口中，冀望

如同蟬，來世重生。對此，淑娟心嚮往之。是故也寫了一首〈蟬〉：

〈蟬〉

蟄伏十七年，一個質數的平行世界，暮春脫殼羽化，蛻變的夏緩緩甦醒。先是斂起蟬翼如收攏一襲袈裟，結跏趺坐，參禪於日升日落。

漫漫進入夏的耳鳴，開始說法菩提如律令；於林間聲嘶力竭，唱誦搖滾的梵音。

然而，炙熱的生命速速風化，夏日倏地退場為一枚蟬蛻，冷凝且寂滅。撕裂了的魂魄卻依然記得落土時的劇痛。

聲聲知了，終於了悟生住異滅乃自然的回歸，坦然接受的功課與輪迴。心定靜而澄明，之後便無覺無觀，以至涅槃淨境。

結語

　　淑娟寫詩的每一個當下，心中洶湧著澎湃的情緒。在心中感動之餘，嘗試用有畫面的文字，創造嶄新的意象。希望讀者感動著我的感動，內心有深刻的眼睛看到了詩裡營造的畫面，以迴轉的信念看待人生，心境就會變得圓融通透，便見山又是山了。

　　而淑娟寫詩的主題始終圍繞著生命與死亡，是因為淑娟本身是「惡性黑色素癌」的患者，已經是第四期，意味著全身轉移至肺肝與胰臟。

　　如今醫師已不做積極治療，淑娟坦然接受「安寧緩和醫療」，平靜安定地迎接人生的盡頭。

　　淑娟面對生命的史觀是：豁達今生，放下令人憂懼的死亡，坦然面對，安然心定、一片澄明。

　　正如淑娟的一首詩〈光的翅膀〉中寫的：

> 下一輩子
> 既然選擇當一隻夜鶯
> 就不會在乎有沒有月光
> 因為只要聽到夜鶯
> 她的歌聲
> 就是光的翅膀
> 可以照亮整座森林

　　《莊子》〈至樂〉篇有云：「人之聲也與憂懼生壽者惛惛，久憂不死，何苦也！其為形也，亦遠矣。」死亡是反映生命整體意義的一面鏡子，唯有接近死亡，才可以帶來真正的覺醒和生命觀的改變。如果視生若死，視死若生，死生一如。那麼，死亡只是從生命的某一種存在轉化為另一種存在罷了。生命來自無，復歸於無。把生與死看成一體。其實死亡何嘗不是另一期生命的開始啊！

賞讀Chamonix Lin詩作

林家淇

優秀青年詩人獎得主

緣起

　　Chamonix　Lin（夏慕尼），人間魚詩社版主，與我為創作同好，在Facebook上的共同好友眾多，因此自然而然地在網上結識。初次相逢，是在二〇一九年五月「優秀青年詩人獎」的頒獎典禮上，當時我們均獲此殊榮；在我進入會場之際，夏慕尼便親切熱情地過來攀談，令我印象特為深刻的一句話是：「妳本人跟網路上的照片一樣耶！」在美顏相機充斥的年代，這樣的稱讚已令我受寵若驚。此後，我們偶爾聚餐，一同逛展，討論過許多詩人的作品；夏夏（我們的親暱稱呼）對我而言亦師亦友：不僅打開了我讀詩的慧眼，關於寫詩的技巧上，我也從她的言談、作品中學習甚多。

關於詩集

　　二〇二〇年二月，夏慕尼出版了首部個人詩集《你可不可以培養一點不良的嗜好》，取此作為書名，我一點都不意外，從過往閱讀她的詩作便發現，夏慕尼的詩作情調多變，既可以溫柔，又能性感，偶

爾帶點調皮；而且題材極廣，任何禁忌或曖昧的話題都能入詩。因為
她多元的詩作風格，在未曾謀面之前，我以為夏慕尼是一位活潑、健
談又外向的女性。然而有趣的是，見過本人後，發現她與我的想像有
所不同：是一位做事成熟、氣質出眾又落落大方的女性，而我則自以
為聒噪，或許正因為彼此互補的個性，促使我倆成為摯友。

賞讀〈你可不可以培養一點不良的嗜好〉

〈你可不可以培養一點不良的嗜好〉

你可不可以培養一點不良的嗜好
例如晨起立刻沐浴且全身噴香
將生活當成夜店的一場流浪
朝三點一刻的紅茶加蜜
玩弄血糖

你可不可以培養一點不良的嗜好
像是重複擷取網路地圖
演示往你的方向
等待女孩長成女人
還帶點秋涼

你可不可以培養一點不良的嗜好
擇期誠實說明熱氣球從不降落
除非鳥刺進胸腔
A從烙印變成等第

你可不可以培養一點不良的嗜好
譬如我
半掩沒鎖的門
看似節制的放縱
水滴流過乳房

這是詩集的同名詩作，從題目看來就具有叛逆感，因此容易引起讀者
的興趣；細讀後也會發現，整首詩的呈現遊走在「節制」與「放縱」
的底線邊緣徘徊。比如首段的「晨起立刻沐浴且全身噴香」，「晨起沐
浴」可能是很多人的生活習慣，但後面接著「全身噴香」，對於生活
已經習慣低調的人，噴香水似乎就代表著今日的小小叛逆，不見得要
約會、見愛人才需如此打扮自己，「我」也可以在生活裡討好自己，
展現性感的一面，卻又不傷大雅，因而呼應了次句「將生活當成夜店
的一場流浪」；隨後兩句「朝三點一刻的紅茶加蜜／玩弄血糖」，更是
如此：也許「你」是個平時注重糖度攝取的人，就在今日、此時此
刻，與其說往自己的紅茶「加蜜」，不如說是往自己平淡無奇的生活
加點情調，透過所謂的「不良嗜好」，來短暫出走自己的靈魂。

　　次段兩、三句「重複擷取網路地圖」、「演示往你的方向」，透過
不斷「重複擷取」，縮小「時間」的差距，女孩就能快速長成女人。
因此隨後所寫的「等待女孩長成女人」、「還帶點秋涼」，或許是暗指
兩人心靈漸而契合，一點一滴的往彼此拉近。

　　第三段，「擇期誠實說明熱氣球從不降落」，熱氣球飛往天空且不
打算降落的畫面，在此我認為代表著禁錮自我而無形的枷鎖，終於獲
得釋放，所以詩中主角「誠實」的告訴「你」，這就是「我」內心所
渴求的慾望；「除非鳥刺進胸膛」，此處的「鳥」，我將之理解為生活
中遇見的另一半，刺進「胸膛」，應是指刺進了「我」的「內心」，於

是「我」乘之飛翔的「熱氣球」，願意為了「你」而降落，「我」的內心為了「你」而做了程度上的改變，並且甘之如飴。於是接連本段末句「Ａ從烙印變成等第」，在霍桑名著《紅字》中，女主角因為通姦而被烙印的「Ａ」，與現今我們會將「Ａ」當作等第裡分數較高的涵意，大相逕庭，也反應了「我」內心兩種不同的心境：以往「我」可能認為「愛情」會造成牽絆，因而失去自由或者生活，或者任何負面的影響，但如今因為遇見了「你」讓「我」感受沉浸於「愛情」之中，其實是也會感到無限快樂的，那都是因為「你」而改變了詩中主角，「我」對於「愛情」產生了不同的解釋與感受。回到詩句，因此雖然同樣是「Ａ」，情境及含義卻判若雲泥。

詩中所謂的「慾望」，對於讀者來說代表著什麼呢？也許是脫離枯燥無奇的生活，也許是一段令人上癮的愛情，我們所認為的任何「不良嗜好」，均能代入。

全詩每段的首句，皆不斷緊扣詩題「你可不可以培養一點不良的嗜好」，直到結段的「譬如我」開始，似乎在告訴讀者，拘謹的生活，不是只有「你」偶爾想來點不同以往的享受，就像「我」也會這麼做：「半掩沒鎖的門」、「看似節制地放縱」；在我看來，末句「水滴流過乳房」甚為曖昧，詩人用「流過」一詞極有畫面，也讓讀者更有想像空間，以此作結，可謂是絕妙之筆。

賞讀〈光與雨〉

〈光與雨〉

倘若你是一線光
流經深綠色葉脈

然後滴落雨的纏綿

仰臉承接你的無言
睫毛掃淨擺盪的肩
突破我們之間唯一的距離

像水珠徜徉清澈溪流
遇到岩石即輕盈跳躍
由大地反向彈往天空的雨

孤獨的雨融化於光
沖淡初夏炎熱
如一壺沏妥待飲的茶
就這樣什麼都不談
但領首留在身邊
明淨敞亮，靜靜回甘

〈光與雨〉細膩地描繪「光與雨」的關係，我在此解讀為詩中主角與戀人的關係，首段的「倘若你是一線光」「流經深綠色葉脈」，以比喻手法描繪「你」的出現，就像一道閃耀的光芒，讓「我」在毫無防備下，「流經」詩中主角的心上，光影與雨滴交織纏綿，如同「我」內心渴望與「你」的光景。

「承接你的無言」、「睫毛掃淨擺盪的肩」兩句，呼應首段的情境，以「承接」、「睫毛」與「肩」等詞來展現兩人的距離，正一步一步拉近，於是「突破我們之間唯一的距離」。

而「我」雀躍的心情如同「水珠徜徉清澈溪流」、「遇到岩石即輕

盈跳躍」，又如「由大地反向彈往天空的雨」，因為遇見「你」，讓
「我」多麼的心動，在此詩句用「輕盈跳躍」、「反向彈往天空」等
詞，都能讓讀者一同感受，詩中主角墜入愛情後的激動與快樂。

　　第三段「孤獨的雨融化於光」、「沖淡初夏炎熱」，「我」終究「融
化」於你，就像一壺沏妥，等待你飲用的茶，「我」不急於你的答
案，比起絕斷，不如「就這樣什麼都不談」，可「我」仍「頷首留在
身邊」，「靜靜」等待「回甘」，如靜靜等待你的回應般。

賞讀〈再見情人〉

〈再見情人〉

總有一天我會逃走
從情人深深的寂寞裡
摘兩朵花別在肩上
春天由他胸口裂出新的大地

總有一天我走
情人纏繞指節也留不住
香氣從髮梢流至鼻尖
吟唱醒寐無度的想望

我會記得皺紋在情人臉頰上嬉戲
時間的光影把他揉成日晷
測量我的愛

　　有時放縱有時節制
　　更多時候不舍晝夜

　　跟情人再走一段沒有盡頭的路
　　75%不夠也太多
　　說愛
　　所以也不能回頭

　　第一段首句「總有一天我會走」，此句意味著「我」有離開的念頭，但「我」尚未離去，「從情人深深的寂寞裡」，「情人」與「寂寞」是很衝突的兩個詞，如果有情人相伴，熱戀中的「我」，應該不會感覺寂寞，筆者解讀為可能是對熱戀已過的情人，早已過了「離開隨即想念」，「每天都有說不完的話題」階段，反而是在一起太久，相伴已是種習慣，因而經常感覺寂寞。「春天由他胸口裂出新的大地」，此句承接了上句要離去的念頭，「我」在「他」的胸膛裡已感受不到安全感，因此「我」想從「他」的世界逃離。

　　於是，第二段「總有一天我走」，少了「會逃」，在兩句開頭些微的差異上，感受得到作者想離去的念頭更加堅定了一些，就算是「情人纏繞指節也留不住」，因此，即便「你」的「香氣」流至「我」的「鼻尖」，即便「我」知道自己還有依戀，「我」想離開的念頭如同耳邊「吟唱」一般，不論「我」醒著或者睡去，這樣的想望越來越大。

　　從青澀時期的「我們」至今，「我」已經可以看見「皺紋在情人臉頰上嬉戲」，「我們」共度的時光，「把他揉成日晷」，「測量」也質疑著「誰的愛更多一點」，有的時候「節制」但有的時候「放縱」，甚至「不舍晝夜」。接連第二段至第三段，讀者會發現，其實說要離開，但「還愛著」，「我」要離開的決心也一點一點的在崩塌。

　　緊接最後一段，於是「我」還是決定「跟情人再走一段沒有盡頭的路」，為什麼呢？因為「我」還愛，大約是「75%」的愛，對於「100%」來說，這樣的愛，是不太夠的，但對於一個想離去的人來說，這樣的愛已經太多，多到「我」願意再繼續為愛走下去，即使知道這是一段沒有盡頭的路，「說愛」「我」也已經「不能回頭」了。

　　〈再見情人〉一首，以詩題「再見」二字而言，有著「道別」與「再次見面」之意，從原本想道別「再見情人」，但幾經轉折與思考，因為還愛著，所以捨不得離去，到後來還是決定留下，心境上的變化，重新看見了情人，有著不同感受，如同「我」久別重逢後「再見情人」。

賞讀〈如果可以〉

〈如果可以〉

如果可以，我想
從你眼睛汲取一籃星星
在你胸口磨蹭一片夏天
再返回我的生活常軌

是該買雙銀色亮片舞鞋
騎車的時候
工作的時候
想見你卻說不出口的時候
才能在心裡肆無忌憚地跳舞

秋末的雨薄薄落在安全帽護目鏡上
車浪起伏洶湧
險些淹沒我那輛藍色的老舊輕型機車
行走漂浮不定

如果可以，我想
將機車停在路邊淋雨
唸一段張愛玲
讓你幫洪嬌蕊的吐司塌點兒花生醬

「你知道我為什麼指使你？要是我自己，也許一下子意志堅強
起來，塌的極薄極薄。可是你，我知道你不好意思給我塌的太
少的！」

所以
如果可以，我想
再見你

首段，令人感受「我」對「你」滿滿的占有慾：「如果可以，我想／
從你眼睛汲取一籃星星／在你胸口磨蹭一片夏天／再返回我的生活常
軌」，「我」希望「汲取」「你」眼裡最吸引「我」的寵溺或者愛慕的
眼神，因為「我」不想讓其他人發現「你」的魅力；「我」更想在你
溫暖的胸膛像寵物般磨蹭一番，收集了充分關於「你」的氣味後，
「我」才能好好地再返回生活，繼續度過每一個「你」不在身邊的
時刻。
　　第二段「是該買雙銀色亮片舞鞋」，此處特別提及「銀色亮片」

的舞鞋，個人解讀為：詩中主角對「你」的愛難以掩飾，不論「我」走到了哪裡，就像那閃耀的舞鞋一樣，「我」無法忽視它，無法忽視「你」在我心裡占有的面積有多大，不論是「騎車的時候／工作的時候」，「我」多麼想對外面的世界大聲的呼喊「我」有多麼愛「你」，但這是瘋狂的、是不理智的，於是在「想見你卻說不出口的時候」，「我」就在心底「肆無忌憚地」為「你」跳舞。

「秋末的雨薄薄落在安全帽護目鏡上／車浪起伏洶湧／險些淹沒我那輛藍色的老舊輕型機車／行走漂浮不定」，第三段筆者認為是整首詩的轉折，「秋末的雨」、「車浪洶湧」、「淹沒」等詞，都暗指著這段感情起了不同的變化，但這樣的變化如同「秋天的雨」是自然現象不可逆，如同「車浪洶湧」是外在影響，並非是「我們」彼此的愛情產生變質，而是外在的因素影響，都讓我們迫不得已必須分離，讓「我們」之間的情感無所適從，沒有歸屬並「漂浮不定」。

「如果可以，我想／將機車停在路邊淋雨／唸一段張愛玲／讓你幫洪嬌蕊的吐司塗點兒花生醬」，以及在末段引用了張愛玲的小說《紅玫瑰與白玫瑰》裡的角色人物「洪嬌蕊」所說的一段話：「你知道我為什麼指使你？要是我自己，也許一下子意志堅強起來，塌的極薄極薄。可是你，我知道你不好意思給我塌的太少的！」此處的對話，在小說裡大約是嬌蕊起身從碗櫥裡取出一罐花生醬，而振保則說花生醬容易使人發胖，嬌蕊表示自己是個粗人，愛吃粗東西，但還是使喚了振保為自己的吐司塗上花生醬。嬌蕊在小說裡是「紅玫瑰」的代表，說愛吃粗東西，表示她不拘社會眼光，但後來的一句：「也許一下子意志堅強起來，塌的極薄極薄。」表示她為了愛人振保做出妥協與改變，可最後一句「可是你，我知道你不好意思給我塌的太少的！」嬌蕊知道振保會因為寵溺自己而依順自己的喜好。此段皆表示兩個相愛的人，為對方展現疼愛的一面，因而回到詩的末段，「讓你

幫洪嬌蕊的吐司塌點兒花生醬」，我解讀為詩中主角懷念愛人昔日的寵溺，緊接後續「所以／如果可以，我想／再見你」，「我」還想再享有「你」的寵溺，再回到以往。

　　夏慕尼的詩句，用字不艱澀難懂，但詩句之間的安排深有巧思，透過詩句與詩句的陳述，偶爾會有強烈的跳躍感；就我讀來，像是「愛麗絲夢遊仙境」般，極有畫面，但故事發展難以預測，甚至偶有冒險或奇幻之感，甚為有趣。她在情詩表達上也相當細膩，且富有層次感。

　　總而言之，夏慕尼於二○二○年二月出版的《你可不可以培養一點不良的嗜好》，是值得收藏的一本好詩集。

人間魚詩社版主，左起為夏慕尼、吳添楷、呂振嘉

筆尖下的真實

——論吳添楷詩四首

呂振嘉

人間魚詩社主編

　　〈摩登大廈〉一詩中，詩人由低樓而高樓書寫自己對眼前事物的
觀感。詩中並置香奈兒、明星花露水、無印良品、愛迪達、極度乾
燥、麗嬰房等品牌，身在其中的人或與香奈兒相覷，或為商業殖民落
淚，或身著名牌吸引注目，或回憶起「襁褓的記憶／和母親手中漸冷
的奶瓶」，所寫頗能勾勒現代物質生活的輪廓。

　　前者令筆者想起班雅明（Walter Benjamin, 1892-1940）於《發達
資本主義時代的抒情詩人》寫到的拱廊街和「新商店」（magesins
denoureaute），因為拱廊街是「豪華物品的交易中心」，[1]而新商店是
用以儲藏紡織品的設施，同時也是百貨公司的前身。關於拱廊街，班
雅明引述當時的巴黎導覽圖以說明拱廊街的樣貌：

　　　　這些拱廊街是工業奢侈的新發明。它們的頂端用玻璃鑲嵌，地
　　　　面鋪著大理石，是連接一群建築物的通道。它們是本區屋主們

1　Walter Benjamin：《發達資本主義時代的抒情詩人／論波特萊爾》（臺北市：臉譜出
　　版，2010年7月），頁258。

聯合經營的產物。這些通道的兩側排列著極高雅奢華的商店，燈光從上面照射下來。所以，這樣的拱廊街堪稱是一座城市，更確切地說，是一個世界的縮圖。第一批煤氣燈就是安裝在拱廊街的[2]。

而陳列之展品據巴爾札克（Honoré de Balzac, 1799-1850）的描寫，正猶如「一段段色彩斑斕的長詩」，[3]也就無怪乎時人被它所吸引。

由此看來，詩中景象應可稱為「文字之上的拱廊街」，因為它呈現的並不僅止於代表奢華的品牌，也隱然寫出虛榮、外求自我價值、看重表象與外貌的人類心理，乃至人未曾意識自己早已為物所役，為種種身外之物而勞心傷神。

這首詩也傳達對美好童年的眷戀，例如能「把孩子的夢想疊得／忘了怎麼寫煩惱」的樂高，「想起爬、走的時光／跌跤了，還有手扶梯」的情況。然而，人終將面對現實，終將成長，動筆寫出「大人的字跡」，抑或「複習襁褓的記憶／和母親手中漸冷的奶瓶」。正如同聖梯夫所說：「水是我們的母親，水渴望著參與各種奉獻，水循著自己的道來到我們身邊，給我們帶來乳汁。」[4]又如米什萊：「海洋的孩子們大部分似膠狀的胎兒，它們吞噬著並產生著黏液，給予海水以無盡子宮的豐富多產的溫和。在那裡，新的孩童們前來戲水，如同溫暖的乳汁裡一般。」[5]兩人無不肯定了水的母性，由乳汁感受到的即是「溫暖，是富有啟迪意義的標識。」[6]

2　Walter Benjamin：《發達資本主義時代的抒情詩人／論波特萊爾》，頁258-259。

3　Walter Benjamin：《發達資本主義時代的抒情詩人／論波特萊爾》，頁258。

4　Gaston Bachelard：《水與夢——論物質的想像》（北京市：商務印書館，2019年8月），頁148-149。

5　Gaston Bachelard：《水與夢——論物質的想像》，頁150。

6　Gaston Bachelard：《水與夢——論物質的想像》，頁150。

　　然而，成長則讓筆者想到個體與全體，支配與複製。因為人在社會化的過程中，往往被無處不在的意識形態支配，從而複製出一個個相同的產物，興許人正是在這樣的情況下喪失一部分的自我，而只為融入代表整體的社會，如同「寫成大人的字跡」所指向的自我的喪失。

　　詩的末段，則指出顯眼的看板吸引著消費者，而這群人也無疑是另一種形式的大廈。詩以「擠」說明人們的擁擠程度，或可視為一種反諷，因為肉身近心卻遠了。此種立意，當見《雲朵截句》中的〈No.05〉，此詩寫道：「你近得好遠／／你的手機把世界拉到身邊／把身邊的我推到世界邊緣」，[7]同樣是以肉身之近凸顯心靈之遠。

　　〈中壢大鐘塔〉一詩書寫的是中壢的老地標。詩人以「時針慢了一世紀／像是秒針／和魔法師溝通／或商量如何習得時間暫停」寫出自己對於老地標即將拆除的不捨。

　　關於地誌詩，描寫必須涉及在地生活經驗，而經驗之重要性當見人文地理學者段義孚及瑞夫（Relph）所說：「一個地方，即是被主體我占有居存的空間，在其中不斷生發存有意義，使此原本空洞、抽象的空間轉化成涵詠蘊具人文與生命意義的空間」[8]，而這正是地方有別於空間之處。國內學者如楊宗翰也曾於〈寄期待於臺灣新地誌詩〉寫出自己對地方感的看法，當見「地方感的形成源自人類對『地方』有主觀和情感的依附，而作家藉著文學書寫，經由諸如『意象、觀念及符號等意義的給予等方式，乃能讓空間轉為地方』」[9]，也無不強調實際經驗於地誌詩的重要性。

7　蕓朵：《雲朵截句》（臺北市：秀威資訊科技公司，2017年10月），頁32。

8　陳政彥：〈黃河浪香港地誌詩寫作研究〉，收入《握手太平洋：世界華文文學夏威夷國際研討會論文集》（夏威夷：美國夏威夷華文作家協會，2011年），頁229。

9　楊宗翰：〈寄期待於臺灣新地誌詩〉，《創世紀詩雜誌》第201期（2019年12月），頁40。

此詩的不捨之情是透過書寫常民經驗來呈現，如第二節的鐮刀、花生糖、牛肉麵皆與常民生活息息相關。鐮刀指涉當地的刀具店，其對比也不只出現在鐮刀散發的光與「褪色的市場」，也存在於代表無情之物的鐮刀與有情之地的市場，而此刀當是接下來所提到的政府。面對這樣的情況，所有物無不渴望時間走得慢些，如上述提及的與魔法師溝通的秒針，以及此節把分針黏住的花生糖，在在顯示出對地標之不捨。然而，用以報時的時鐘則選擇鼓起勇氣坦然面對，倒數自己無多的時日。

全詩多用擬人以鮮活一幅景象，物可思想、溝通、爭寵、遺忘、鞠躬，可見萬物皆有情。論情若從禪宗角度觀之，則無情有情實源於人心比量之分別，而這種情塵計較之比量實相對於觸處菩提之現量而言，故禪門有「青青翠竹，盡是法身；鬱鬱黃花，無非般若」[10]之語。此般若即對外物外境的無分別智，如有此智當能體現華嚴宗圓融境界。若是如此，則轉化也不妨視之為一種平等了萬物的修辭，既是鮮活物也豐富了地方之情。

〈戰爭〉一詩寫被歷史遺忘的士兵以及戰事之殘酷，初讀此詩頗易聯想到陳千武那首同樣描寫戰爭的名詩〈信鴿〉。

首節指出墜機一事，其屍首盡成一座「風製的土丘」。句中的「風」字用得巧妙，一是風可指向生命之短暫，二是以無色的風為土丘可見草草安置的情景，三是靜之土丘由動之風形成，四是生命由肉身而風、由繁而簡之必然。

次節首句「沒有人唱悼歌／沒有人承認那是自己的耳朵」若從情與無情的角度看則會產生不同的解讀。因為之所以無人唱悼歌既可能是死傷慘重已無旁人，也可能是士兵早已習慣面對同袍之死，抑或前

---

10 轉引自吳言生：《禪宗詩歌境界》（北京市：中華書局，2001年6月），頁295。

為果而後為因，面對死亡的並非自己也就難以同感此種恐懼；抑或即便如此仍需打起精神作戰、繼承同袍的遺志，如此一來，不唱悼歌之舉也許就與袍澤之情無涉。由此看來，情與無情或許就無從截然二分，因為看似無情之舉也有可能是有情之舉。

末節亦然，依舊「沒有人紀錄／沒有人記得那是誰的腳」，再次描繪戰爭之慘況。點出了人即便能活出不同的生命，但終將趨於平淡、面對必然的死亡，若由這點看來，再多的分別似乎已無必要。詩末的「僅曉得地圖上／停下那位戰俘未走完的腳步」，則是遠在他方的人所能認知到的一切。

綜觀全詩，不唱悼歌抑或無人紀錄都已不再重要，因為人在死亡面前何其渺小，無數真實的生命於史書中也往往是由幾個數字呈現，而這種由繁而簡，或許也正是生命的唯一真實。

〈紫斑蝶〉一詩，是以遭受同學霸凌為題材寫成。詩人由瘀血的顏色聯想到紫斑蝶，加上紫斑蝶可擬態迴避天敵，故以紫斑蝶自喻。

首節先以「教室裡的瘀傷」寫出自己的遭遇，再透過「鱗粉不管用」、「吸管無處伸張」呈現自己的處境，儘管也曾「擬態一段朽木」，終究徒勞無功，以至自己只能以「想」飛出這看似美好的花園。

次節則以蜘蛛——蝴蝶的天敵比喻這些霸凌者，書寫自己無從逃脫地網的無奈，只能認命地成為「他們的佳餚」。至於地網被黏成一張食譜，或可解讀為霸凌他人的眾多手段，因為食譜正是教導人們如何料理食材，在在呈現「人為刀俎，我為魚肉」此種任人宰割的境況。

到了末節，寫出人與人的互動與自然界生靈們的互動並無不同，自己必須以被獵食的方式「預習食物鏈」。發展至此，自己也只能以掙扎來「惹得他人的同情」，縱然在聯絡簿寫下「標本是如何製作的」仍「不敢給家長簽章」，再次描繪出自己的無力與恐懼。

此詩寫來真實，領人凝視陰暗角落的人性，體認到烏托邦不應存

在，因為現實的悲哀是烏托邦之母，而世界的光明與黑暗正發自每個
人的內心。

〈摩登大廈〉

香奈兒與粉黛
在一樓專櫃相覷
明星花露水
灑下那個年代
女人娉婷的姿態

無印良品的商品
在二樓選購
想起株式會社的商標
結帳時
悄然落下殖民淚

愛迪達男孩
於三樓廣場穿一件極度乾燥
他馳騁為
今年冬天
英、德爭寵的焦點

四樓的樂高
把孩子的夢想疊得
忘了怎麼寫煩惱

直到動筆
才發現，寫成大人的字跡

麗嬰房在五樓
想起爬、走的時光
跌跤了，還有手扶梯
一階階複習裸褓的記憶
和母親手中漸冷的奶瓶

杜拜塔把電梯撐破了
環顧四周，時尚的噱頭
被布置為週年慶的廣報看板
吸引每個前來消費的人
擠成他們的摩登大廈

〈中壢大時鐘〉

斑駁的牆上
時針慢了一世紀
像是秒針
和魔法師溝通
或商量如何習得時間暫停

學著用拆除的勇氣
報數
三，像一把鐮刀揮向

褪色的市場
二，花生糖把分針黏住
不再向政府爭寵
一，端上的牛肉麵
為龜裂的鐘面繞一圈圓周

忘了二十四小時
也忘了齒輪
那垂危的獅子會鐘塔
努力向泛黃的路口
鞠躬

〈戰爭〉

轟炸機墜落
士兵撿起他們的頭顱
身體立起
一作風製的土丘

沒有人唱悼歌
沒有人承認那是自己的耳朵
裏頭盤旋著
上世紀槍銃的爆破聲

沒有人紀錄
沒有人記得那是誰的腳

僅曉得地圖上
停下那位戰俘未走完的腳步

〈紫斑蝶〉

趴在桌上
擬態一段朽木
教室裡的瘀傷
是我好久未退的紫斑
鱗粉不管用
吸管無處伸張
只想，用盡氣力飛出花園

吐出的蛛絲
灑成一張地網
在老師看不見的地方
黏成一本食譜
我是他們的佳餚
在啖下的那一口
不願看，被天空棄置的一角

原來，先預習食物鏈
被捕捉的瞬間
剩掙扎
能惹得最後的同情
標本是如何製作的
我在聯絡簿寫著
但不敢給家長簽章

《人間魚詩生活誌》第一至五期

如光‧詩的優游

——以詩記下我們一小片天空

冷霜緋

優秀青年詩人獎得主

人間魚，久違了

　　第一次在會場上見到副總編輯黃觀，一頭俐落簡潔的短髮，年紀很輕，有著沉穩內斂的談吐，讓我印象深刻。慎重接過她遞來的名片後，將目光停在那片朦朧夢幻的淡綠色調，和落紙雲煙般的書法字體，心底靜置已久的記憶，就在那一瞬間重返自然與詩的香氛中……

　　人間魚詩社贊助商與發行人許麗玲博士，與總編輯石秀淨名——陳建宇老師，前副總編／藝術總監劉寅生，前主編朱名慧（紅紅），帶領我們管理群，致力找尋詩的美好。成為版主的我，這是一條學習的漫長道路。從巡版、收稿，到成為編輯群的一員，在經驗中獲得如何讓自己能夠成長的方式。每首詩有它不同的姿態，我常在半夜細細地品讀它們，融入所有詩句建構的意境，並沉浸其中。

這是一個遼闊的國度，繽紛、細緻

　　詩電影、詩後詩、詩評論／讀詩筆記、獨行詩X手稿、「368人間

念詩趣」，人間魚詩社年度詩人金像獎、到近期的吟唱詩人黃安祖的直播節目、詩的接龍……一連串豐富的活動企劃，詩與影像聲音結合，更能接近大眾。人間魚詩社的管理員Chamonix Lin夏慕尼，同時擔任人間魚詩社Instagram的小編，負責精選出來稿詩作中的金句，以配圖後製的方式，發布於人間魚Instagram。瑰麗的攝影與詩句字體，併置排列於網頁上。點開人間魚Instagram，彷彿閱覽一張張細膩的書籤，夾藏在每頁日常生活裡，精美動人。

《人間魚詩生活誌》紙本創刊號於二〇一九年四月發行。以麒麟與魚圍繞「春」字、復古中帶有東方元素的畫作為封面設計——與「春，一本詩刊的出生／詩生活，快樂！」前主編朱名慧（紅紅）所撰寫的封面主標題，共同點出詩即生活，創刊的喜悅。電子月報到實體詩刊的發行，除了自由主題詩作徵稿，每期也推出編輯群所精心策劃的主題徵詩。從啟示、轉化、桃花……到星座、四聖獸、五行等。到主編呂振嘉、吳添楷、編輯袁承修、我一起再三討論後，也設置了呼應時事的主題，如二〇二〇年的口罩、災難。主題徵詩變化多元，為詩人們的詩緒增添更多發想。

來自天然的餽贈，詩香滿溢

二〇一八年時，贊助單位人間魚提供了的精油拍拍瓶為小禮物，參與主題徵詩的作者都能獲得一份。工作、生活繁忙之餘，以精油舒緩疲憊的身心，是最適合不過了。在詩的氛圍中，獨享每一款清新而芬芳的氣味，心靈的療癒。擔任版主期間，也收到了人間魚發行人許麗玲博士所貼心贈予的精油與手工皂禮盒——「版主辛苦了！」那天，許麗玲博士微笑地遞出手，我緊握著她手心的溫度，彼此對視寒暄一番，眼底共同擁有的是對詩的熱愛。從贊助紙本刊物發行，到推廣詩的創作所付出的心力，人間魚詩社不斷用心企劃，眾人有目共睹。

詩的長跑：人間魚詩社年度詩人金像獎

　　在車水馬龍的林森北路上，我推開一扇魔幻的密門。走進寬敞的會場內，現代簡約感的設計映入眼簾，兩側牆面上掛著幾幅秀麗的畫作，而左側的窗微微地透出一片柔軟的午後光束。天花板上陳列數排黑色燈具，與小喇叭的造型燈具交互照映著會場，輕暖的色調中，詩人們的名字安靜整齊地放在座椅背後。「人間魚詩社」一片美麗的投影，正置於前方。

　　等來賓依序入座、名家老師們致詞完畢後，眾人欣賞了由前藝術總監劉寅生所執導的三部精采的詩電影——《L說》石秀淨明、《日與夜的十四行》綠蒂、《生滅》落蒂。而經過初審、複審、決審，從入圍到獲獎，無分國界、漫長的賽道上，由主編呂振嘉彙整詩作，並由綠蒂、蕭蕭、孟樊、楊宗翰等四位評審老師擔任決審。最終由游鍫良（臺灣）、語凡（新加坡）、無花（馬來西亞）榮獲人間魚第一屆詩人金像獎。當獲獎詩人與入圍詩人們上臺發表感言，此刻，所有光彩、感動、喜悅，為詩長跑那分堅毅與精神，當下深深撼動了我。詩的美好心靈饗宴，在此刻得以見證。

冬夜中，翻閱記憶的扉頁

　　詩社的來稿踴躍，校對工作也更加繁重。而社務上，難免有無法決定的事項或是未曾面臨過的問題，向總編輯陳建宇老師請示時，他只對我們道：「平時你們的決定，就是我的決定！」於是我們在審核、處理社務，與主題詩的設計，陳建宇老師都放手讓我們去執行。在活動會場上與陳老師見過幾次面，他身穿一件素淨的白衫，俊秀的氣質，舉手投足間有著灑脫不羈，如武俠小說中俠客般的豪邁，讓人

沒有距離感。他略帶沙啞的嗓音談論有關詩的一切與規劃，分析各項事務是客觀地條理分明，充滿能量的氣場，令人佩服。

依稀記得，撰寫主題詩內文那天，我在自己的相簿中千挑萬選，選了一張多年前在水族館的攝影——如海般的普魯士藍裡，一片斑斕的魚從我眼前掠過，姿態優雅，像天空中流動的雲彩，承載著漸變如畫的光；又彷彿是一顆顆絢麗的銀星，並肩前行，往新的方向遷徙。

人間魚——我知道那裡。詩，正優游著。

人間魚詩社的回顧與觀察

吳添楷

人間魚詩社主編

　　回顧二〇一八年初人間魚詩社成立，想起那年，榮星花園、致天然是讓我一開始認識詩社的兩個地方，因為原先的微電影拍攝計畫，而促成我認識人間魚詩社的第一位成員——呂振嘉。因為緣分，讓兩位研究生開始「優游」於人間魚詩社的旅途。

　　會說旅途，是因為往後詩社都在體驗不同的新穎事務，也因為許多同仁的加入更顯熱鬧。二〇一九年初加入了寧靜海、袁丞修、Chamonix Lin夏慕尼、朱名慧、冷霜緋等人，陸續開始接觸詩社的事；印象最深刻的是，二二八那一天詩社所有成員的聚會，大家那次在三重應該算第一次見面，一同進行「228三重埔走春念詩趣」。有趣的是，那一天大家與總編輯石秀淨名玩一個名為詩接龍的活動，首先創作主題定為「人間、魚」，並接龍上一首作品的「最後一句或句中任何一個字詞」，最後八個人合力完成了人間魚詩接龍，還分成三個回合。現在回想起來，覺得未來可以和詩友們一同交流。

　　既然是旅途，活動當然還要繼續下去，接著是五月臺灣的中國文藝協會「第六十屆中國文藝獎章」頒獎典禮，同時協會也舉辦國際詩歌研討會、優秀青年詩人頒獎。二〇一九年適逢五四運動百年，主題定為「文藝獎章六〇榮耀迴響」，作家廖玉蕙、文訊社長封德屏、詩

人張默、辛牧、落蒂、綠蒂、向明、席慕蓉、麥穗皆菠臨現場，十分
隆重。而詩社總編輯石秀淨名榮獲中國文藝獎章，袁丞修、Chamonix
Lin夏慕尼榮獲二〇一八優秀青年詩人獎，也為人間魚詩社增添了榮
耀的風采。

　　除此之外，人間魚詩社舉辦了兩次「368人間念詩趣」的活動，
分別是二〇一九年的高雄左營區、鳳山區，和二〇二〇年的屏東恆春
鎮，期許將美好的詩作帶到臺灣的每一個角落，讓詩人的作品，第一
線的接觸到不同年齡、各行各業的人，透過民眾的朗詩傳遞詩歌的美
好，且往後還會繼續推動。再者，詩社不僅以詩創作為重，也專訪詩
人，融入了詩人的生活體驗、創作觀與美學觀察等，從二〇一九到二
〇二〇兩年以來，總共訪問了楊風（楊惠南）、陳克華、Chamonix
Lin夏慕尼、無花、語凡和游鍫良等人，各位詩人的書寫都有不同特
色，相信未來還會有更多詩人分享他們的寫詩歷程與蛻變。

　　除了二〇一九年，人間魚詩社在二〇二〇年也十分活躍，一方面
徵選人間魚詩社年度詩人金像獎，另一方面進行籌備事宜，於六月的
時候邀請綠蒂老師、蕭蕭老師、楊宗翰老師、孟樊老師擔任評審，從
大量的作品中評選出獲獎者，經過熱絡的討論，選出了無花、語凡和
游鍫良三位詩人。也於八月時舉辦頒獎典禮，入圍的詩人有黃木擇、
謝祥昇、謝美智、許哲偉、葳妮、刻蕾、漫漁、成孝華、林錦成、胡
淑娟、銀子、胡同，出席的詩人有四位評審老師、辛牧老師、綠蒂老
師等，再次記錄了二〇二〇年人間魚詩社榮耀的時刻。

　　頒獎之後，受到新冠肺炎疫情的影響，無法親自拜訪馬來西亞詩
人無花、新加坡詩人語凡，筆者和副總編輯黃觀、主編呂振嘉於九月
和兩位詩人電訪聯絡，談他們創作的啟蒙和影響，與寫詩的態度和生
活方式；同時拜訪臺中詩人游鍫良，聊了許多寫作、興趣方面的事，
十分盡興。從評選、籌備到頒獎、專訪，二〇二〇年至少有半年的時

間在協助「人間魚詩社金像獎詩人」，心中覺得充實，也期待明年第二屆能辦得更盛大、隆重。

回顧人間魚詩社從二〇一八年到二〇二〇年的發展，從劉寅生到黃觀的帶領下，有許多豐富的活動，一開始的詩電影、詩接龍、念詩趣、文藝獎章的頒獎、優秀青年詩人的頒獎、金像獎的評選和頒獎，到訪問語凡、無花和游鍫良，以及近期的會員大會，每一年都十分充實。更值得一提的是，除了以上這些，詩社也在網路平面發行月電子詩報、實體紙本的《人間魚詩生活誌》，每一期有不同的主題，筆者介紹過去月報的主題：第一期的「啟示」、第二期的「葉舞浪」、第三期的「出生」、第四和五期的「轉化」、第六期的「桃花」、第七期的「孕育」、第八期的「搖籃／女力」、第九期的「夏之悅／風象星座」、第十期的「東方神話／火象星座」、第十一期的「西方神話／土象星座」、第十二期的「寵物／卡通人物」、第十三和十四期的「四聖獸／五行／口罩／災難」、第十五期的「對比／歌曲」、第十六期的「大眾運輸／名家」、第十七期的「書名／親情」。

月電子詩報主題和生活中各事物密切結合，讓詩與生活緊密連結著，季刊也是如此，故稱為《人間魚詩生活誌》。兩年以來，也發行了四期，分別為第一期的「春，一本詩刊的誕生／詩生活，快樂」、第二期的「詩後人生／魚是快樂」、第三期的「詩星不黯／氣象其中」、第四期的「以詩抗疫／熱情不減」。從月報到季刊，收錄了許多版主的優秀作品，如第四期季刊主編呂振嘉的〈病謬思〉：

　　在祢詩意的夢境裡
　　不乏蛇與蛆鑽動出的河流
　　乾嘔出氛圍的異色的花
　　掐緊行人脖子的腐氣

不乏鐘聲般不祥的雲
足以剔除骨上青苔的雨
帶有荊棘的銳利的雷與電
群鴉騷動出的龍捲

在這足以清醒知覺的空間
必然已然死亡
若惡臭無異暗香

無名時光無以命名
清醒同時意味重生與死去
繆斯之垂死孕育詩人之新生[1]

謬思是羅馬神話掌管藝術、音樂、文學靈感的女神，是寫作者常提及的詞彙，也反映於華語音樂，如蔡依林的〈大藝術家〉，作者用多種的對比「死亡與清醒」、「新生與死去」和雷電風雨的空間，表達出一種寫作上需突破的困境，以及心靈上的超脫、奔放。又可看到一首〈蠹魚〉：

在文字的標本室
咀嚼出詩與痛覺
在吞聲的牢房
一睹不奏自鳴的樂器與歌的顏色

1　呂振嘉：〈病謬思〉，《人間魚月電子詩報》第六期（2019年4月）。

在思想的深林
望著蛻不下誤解的蟬
在光色盡碎的大地上
感受真切而完整的靈魂

於你而言，光僅能象徵恐懼
照亮表象
為此你藏身塵中

窮一生，貼近靈魂與生活
在流逝無聲
無所謂快慢的歲月裡[2]

由於蠹魚常蛀食衣物、書本，因此又稱為衣魚、書蟲，藏身衣櫥的蠹魚的確就像「在吞聲的牢房」、「藏身塵中」，雖然這生物讓人困擾，但作者也點出一種寫作者的經營，如文字的標本室、思想的深林，而寫作又如光貼近生活和靈魂，是有深度的表現。從以上兩首作品，可看見呂振嘉善於取材於生活，小至蠹蟲、大至謬思女神，可體會那樣的熱情，身為二〇一九年全國優秀青年詩人，在地誌詩方面的創作也十分傑出，如〈虎山步道〉第二段：「自南美朱槿的歌聲／借來一晌愜意／海星狀的芒萁，嗅出／遼闊的氣息」[3]寫出生態的聽覺與嗅覺，彷彿令人置身其中。又如〈黃金瀑布〉書寫新北市瑞芳區的黃金瀑布：「當岩壁拋下一壁閃電／電光照亮昔日山城的欲動／雷鳴融有

2　呂振嘉：〈蠹魚〉，《人間魚詩生活誌》（2019年8月），頁32。
3　呂振嘉：〈虎山步道〉，《人間魚月電子詩報》第十六期（2020年8月）。

隱隱喧譁聲／如礦的遺忘被逐步挖鑿（第一段）」[4]從雷、電、光和礦等詞，能清楚體會瀑布的色澤與亮度，也巧妙帶出早期瑞芳的礦業歷史，這正是詩人地誌詩成功的部分，不僅描寫地景，也有心理刻畫。

除了版主，人間魚詩社因為詩友踴躍的投稿，才能成長、蛻變，如無花的一首〈抓鬼〉：

> 七月
> 他們上街玩抓鬼
> 有的扮成警察
> 有的扮成暴民
> 有的負責開槍有的負責丟擲催淚彈
> 至於那些
> 長得和你我一模一樣的
> 有的負責被抓
> 有的負責流血[5]

成功地營造政治場域下的暴動場面，辛酸的氛圍深感人心，短短幾句的裝扮遊戲也顯示衝突、壓迫，若放眼至各個國家的政治或武裝行動，更會產生憐憫之情。又可看到漫漁的〈水的修為〉：

> 有時透明，有時混沌
> 以流線的姿態
> 撫摸生命的軟弱與強硬

---

4 呂振嘉：〈黃金瀑布〉，《人間魚月電子詩報》第八期（2019年7月）。

5 無花：〈抓鬼〉，《人間魚詩生活誌》（2019年12月），頁39。

找到日子的漸層，於是
安心與之應變.

動中，有靜
靜中，有領悟
零度C是禪定的界
看似封閉的心境，洞悉所有
在光影的幻彩之中

靜極，而動
動的極致是無所保留，是
沸點
化為雲煙的，都曾經在乎過的那
一滴[6]

動、靜、流線、透明，不正是水的狀態嗎？但整首詩不單是停留在描寫水，而是傳遞出水甚至人生的修為，西方哲學常用水來談人、人格或人性，因為水與萬物的關係也悟得一種禪意，一種詩意的人生觀。最後再看到徐紹維的〈牽拖〉：

小時候妳在前面牽
我在後面拖
我們是很會牽拖的母子
一輩子妳都不覺得累[7]

6　漫漁：〈水的修為〉，《人間魚詩生活誌》（2019年4月），頁13。
7　徐紹維：〈牽拖〉，《人間魚月電子詩報》第七期（2019年5月）。

短短四行，便帶出深刻的言外之意，首先是將牽拖一詞的原意延伸出母子「牽」、「拖」的新意，也形成一種拆字創作的趣味；另一方面，作品表現出對母親的對話，從小時候到一輩子的時間差距，也順勢藉由位置的關係，強調愛與情感是真摯的。

二〇二〇年下旬，人間魚詩社從網路詩社發展為實體的台灣人間魚詩社文創協會，這是令人振奮的，同時也於二〇二〇年十一月二十八日召開會員大會，因為有總編石秀淨名老師、許麗玲博士、副總編黃觀、美編、顧問團隊和版主團隊，相信未來會有更多有趣的事去創造，讓詩歌結合人文、族群、語言、自然等，以拓展在地化、國際化、全球化。

對我而言，人間魚詩社不只是個詩社，更是個品牌與平臺，透過行銷、宣傳詩的美好；對我而言，在詩社紛多的時代，尤其是網路詩社崛起，因為詩社對詩的多元實驗，讓我感到有歸屬感和被肯定的價值，總秉持著「詩社好、詩社被看見」的理念，也期待將來是個美好的傳承。回顧這些日子，人間魚詩社讓我認識詩壇最要好的朋友，也學會很多事，並且用心、細心，像是相關社務、行銷策畫和校對，以前瞻、遠觀的眼光看待每件事，因為有優秀的總編、副總編帶領著大家，凝聚每個人的力量，「優游」詩社優質的未來。

最後，筆者想為人間魚詩社的發展列如下，以回顧所有歷程：

二〇一八年

七　月，九日，成立社團「詩友」。

八　月，二十七日，社團更名為「人間魚詩社」。

九　月，十六日，「人間魚詩社」Indtagram 版成立。

十　月，十五日，一起來玩詩 YouTube 上傳。

十一月，五日，人間魚月電子詩報第一期出刊。

十二月，五日，人間魚月，子詩報第二期出刊。

二〇一九年

一　月，五日，人間魚月電子詩報第三期出刊。

　　　二十至三十一日，人間魚詩社「生肖獨行X手稿」徵文活動。

二　月，二十八日，三重埔走春念春趣：詩接龍。

三　月，五日，人間魚月電子詩報第四、五期出刊。

四　月，《人間魚詩生活誌》創刊號出刊。

　　　十五日，人間魚月電子詩報第六期出刊。

五　月，三至四日，五四百年、中國文藝獎章大會暨二〇一八年優秀
　　　青年詩人頒獎。

　　　三十日，人間魚月電子詩報第七期出刊。

七　月，十五日，人間魚月電子詩報第八期出刊。

　　　二十四日，於石牌專訪詩人陳克華。

八　月，《人間魚詩生活誌》第二期出刊。

　　　二日，368人間唸詩趣——高雄篇 YouTube 上傳。

九　月，五日，人間魚月電子詩報第九期出刊。

十　月，十五日，人間魚月電子詩報第十期出刊。

十一月，三十日，人間魚月電子詩報第十一期出刊。

十二月，三日，《人間魚詩生活誌》第三期出刊。

二〇二〇年

一　月，十三日，368人間唸詩趣——恆春鎮 Youtube 上傳。

　　　三十一日，人間魚月電子詩報第十二期出刊。

四　月，十日，人間魚月電子詩報第十三、十四期出刊。

　　　二十六日，專訪詩人 Chamonix Lin 夏慕尼。

六　月，四日，《人間魚詩生活誌》第四期出刊。

十三日，人間魚詩社詩人金像獎進行評選作業。

七　月，十五日，人間魚月電子詩報第十五期出刊。

八　月，十二日，人間魚詩社詩人金像獎Instagram宣傳。

十六日，第一屆人間魚詩社詩人金像獎頒獎典禮。

二十日，人間魚月電子詩報第十六期出刊。

九　月，五日，專訪詩人游鍪良。

十三日，訪談詩人無花、語凡。

二十六日，二〇一九年優秀青年詩人獎。

十　月，二十四日，中國文藝獎章頒獎。

十一月，五日，人間魚月，電子詩報第十七期出刊。

二十八日，台灣人間魚詩社文創協會會員大會。

十二月，六日，《吟唱人間魚》第一集：石秀淨名。

十一至十二日，詩接龍第一、二回合。

十三日，《吟唱人間魚》第二集：Chamonix Lin夏慕尼。

二十日，《吟唱人間魚》第三集：吳添楷。

二十七日，《吟唱人間魚》第四集：呂振嘉。

第一屆人間魚詩社年度詩人金像獎頒獎典禮海報

人間魚詩社第一屆年度詩人金像獎頒獎典禮大合照

文學研究叢書・現代詩學叢刊 0807021

新世紀新詩社觀察（二）

主　　編	蕭　蕭、劉正偉
責任編輯	林以邠
特約校稿	宋亦勤

發 行 人	林慶彰
總 經 理	梁錦興
總 編 輯	張晏瑞
編 輯 所	萬卷樓圖書股份有限公司

臺北市羅斯福路二段 41 號 6 樓之 3
電話 (02)23216565
傳真 (02)23218698

發　　行　萬卷樓圖書股份有限公司
臺北市羅斯福路二段 41 號 6 樓之 3
電話 (02)23216565
傳真 (02)23218698
電郵 SERVICE@WANJUAN.COM.TW

香港經銷　香港聯合書刊物流有限公司
電話 (852)21502100
傳真 (852)23560735

ISBN 978-986-478-476-9
2021 年 7 月初版
定價：新臺幣 400 元

如何購買本書：

1. 劃撥購書，請透過以下郵政劃撥帳號：
　 帳號：15624015
　 戶名：萬卷樓圖書股份有限公司

2. 轉帳購書，請透過以下帳戶
　 合作金庫銀行　古亭分行
　 戶名：萬卷樓圖書股份有限公司
　 帳號：0877717092596

3. 網路購書，請透過萬卷樓網站
　 網址　WWW.WANJUAN.COM.TW

大量購書，請直接聯繫我們，將有專人為您
服務。客服：(02)23216565　分機 610

如有缺頁、破損或裝訂錯誤，請寄回更換

國家圖書館出版品預行編目資料

新世紀新詩社觀察（二） / 蕭蕭, 劉正偉主編.
-- 初版.-- 臺北市：萬卷樓圖書股份有限公
司, 2021.07
　 冊 ；　公分.-- (文學研究叢書 ; 807021)
ISBN 978-986-478-476-9(第 2 冊：平裝)

1.臺灣詩　2.新詩　3.詩評　4.臺灣文學史

863.091　　　　　　　　　　110008341